KB114020

용마검전

FANTASY FRONTIER SPIRIT

김재한 판타지 장편 소설

용마검전 1

김재한 판타지 장편 소설

초판 1쇄 찍은 날 § 2014년 10월 10일
초판 1쇄 펴낸 날 § 2014년 10월 17일

지은이 § 김재한
펴낸이 § 서경석

편집부장 § 권태완
편집책임 § 박은정
디자인 § 신현아

펴낸곳 § 도서출판 청어람
등록번호 § 제387-1999-000006호
등록일자 § 1999. 5. 31
어람번호 § 제1-1954호

주소 § 경기도 부천시 원미구 부일로 483번길 40 서경B/D 3F (우) 420-822
전화 § 032-656-4452 팩스 § 032-656-4453
http://www.chungeoram.com
E-mail § chungeorambook@daum.net

용마검전

FANTASY FRONTIER SPIRIT

김재한 판타지 장편 소설

1

잠자는 숲 속의
영웅과
용마공주

도서출판
청어
람

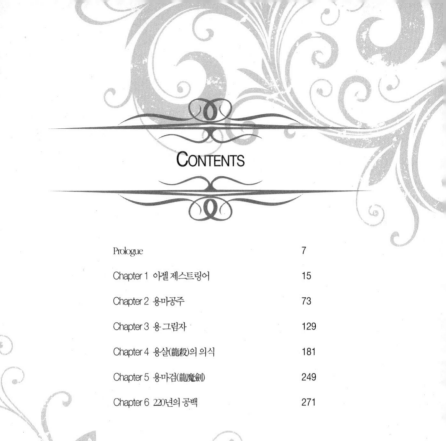

CONTENTS

Prologue

魔展
龍劍

  간교한 마족은 지혜를 갈구하는 용들을 현혹하여 용마족을 탄생시켰다.

  그리고 용의 힘과 마족의 탐욕스러움을 한데 모은 용마족의 존재가 거대한 어둠이 되어 인간에게서 빛을 앗아갔을 때, 그에 맞서 싸운 영웅들이 있었다.

  그 영웅 중에 아젤이라는 기사가 있었다.

  그는 셀 수 없을 정도로 많은 용마족을 쓰러뜨리고 수많은 인간의 생명을 구하였으며, 마침내 용마족의 왕 아테인을 쓰러뜨리고 대륙을 휩쓸었던 환란에 종지부를 찍었다.

  그리고 지금, 영웅 아젤은 죽어가고 있었다.

"너도 알다시피 마법은 원래 용마족에게서 기인한 기술이야. 지혜를 갖지 못했던 용족들이 마족의 꾐에 넘어가 그들과 합쳐지면서 마법이 탄생했지."

아젤과 함께 환란에서 가장 큰 명성을 날린 남자, 마법사 칼로스는 안타까운 표정을 지었다. 용마족과 전쟁을 치르는 과정에서 둘은 숱한 사선을 함께 넘었고 절친한 친구가 되었다.

그 말에 아젤이 물었다.

"왜 다 아는 이야길 하고 그래? 좀 재미있는 이야기를 해봐."

칼로스가 기억하는 아젤은 누구보다도 눈부시게 빛나던 이였다. 누구보다도 강건했기에 그가 쇠약해진 모습 따윈 상상도 할 수 없었다.

하지만 종종 현실은 지나치게 가혹하다. 칼로스의 눈앞에는 한 번도 상상할 수 없었던, 쇠약해진 아젤이 병상에 앉아 있었으니까. 지금의 그는 놀랄 정도로 말랐고 안색이 창백했다.

그 모든 것이 용마족의 왕 아테인을 쓰러뜨린 대가였다.

최초의 용마족이며, 수많은 용을 유혹하여 무수한 용마족을 탄생시킨 아테인은 아젤의 검 아래 쓰러져 갈 때 강력한 저주를 걸었다.

육체를 좀먹는 그 저주의 힘 때문에 아젤은 서서히 쇠약해져 죽어가고 있었다.

칼로스는 한숨을 참으며 말을 이었다.

"일단 들어봐. 마법은 모든 인간이 터득하기에는 너무 난이도가 높은 기술이기에, 무식하지만 우직한 전사들은 그 기본을 응용해서 '몸으로 쓰는 마법'을 만들어냈어. 그게 바로 스피릿 오더고."

"그래서?"

아젤이 뚱한 표정으로 물었다. 기껏 찾아와서 다 아는 이야기를 늘어놓는 친구의 저의를 알 수가 없었다. 평소부터 이런저런 사실을 강의하듯이 떠들어대길 좋아하는 녀석이긴 했지만 왜 다 아는 이야길 또 한단 말인가?

칼로스가 말했다.

"이제부터가 본론이야. 스피릿 오더 수련자 역시 마력을 다루는 방식이 다를 뿐 마법사의 다른 모습이야. 그리고 용마족과 같은 방식으로 마력을 다룬다는 점에서는 어쩌면 마법사보다 좀 더 본질적으로 닮아 있는지 몰라."

"기분 나쁘군. 하필이면 용마족이라니."

용마족은 자신들이 세상에서 가장 우월한 존재라는 인식을 갖고 있었다.

맹수라고 하기에는 지나치게 지성이 발달했던 강대한 용들과, 교활하지만 인간의 혼을 손에 넣지 않으면 존재할 수 없는 마족이 융합된 존재이기 때문이다.

칼로스가 쓴웃음을 지었다.

"하지만 우리는 그들의 힘으로 그들을 상대하지. 그건 어쩔 수 없는 진실이야."

"그래서 이 지루한 이야기에 무슨 의미가 있는 거지?"

"들어 봐. 용마족은 용들과는 다른 존재지만, 그래도 수면기와 활동기가 나뉘어져 있다는 삶의 방식을 바꾸지 못했어."

용들은 매일 자는 것 말고도 마치 동물들이 겨울잠을 자듯이 오랜 잠에 빠질 때가 있었다. 그 시기를 수면기라고 한다. 그들이 수면기에 들어설 때는 활동기에 지나치게 많은 힘을 사용했을 때 혹은……

"중상을 입었을 때지."

"맞아. 그들은 수면기에 들어서면 놀라운 생명력을 발휘하지. 활동을 포기하고 무방비 상태가 되는 대신에 당장 죽을 수도 있는 상처조차도 오랜 시간에 걸쳐 치료하고 다시 회생해. 그건 용들의 수면기가 동물의 겨울잠과는 다른 마법적인 활동임을 증명하고."

"너, 설마……."

아젤은 슬슬 마법사가 무슨 말을 하고 싶어 하는지 알 것 같았다. 칼로스는 그의 예상이 맞는다는 듯 고개를 끄덕이며 말했다.

"용마족과 용의 사체를 해부하면서 연구해 봤어. 내 생각에 네가 살아날 수 있는 가능성이 있다면 이것뿐이야. 위험성 도 크긴 하지만⋯ 나를 믿고 네 생명을 맡겨준다면, 너를 용 의 수면기와 같은 상태로 유도하겠어."

CHAPTER **01**
아젤 제스트링어

龍魔展
劍

1

아젤은 자신이 잠들기 전의 일을 생생하게 기억한다.

동시에 그것이 먼 옛날의 일이라는 사실도 자각하고 있었다. 의식은 잠들어 있었으되 무의식은 육체를 스쳐 가는 시간의 흐름을 느꼈기 때문이다.

너무나도 오래 잠들었기 때문에 눈을 떴어도 현실감이 흐렸다. 자신이 깨어난 것인지 아니면 꿈을 꾸고 있는 것인지조차 잘 분간이 안 될 정도로…….

쿵… 쿠과아아앙……!

아젤이 긴 잠에서 깨어난 것은 먼 곳에서 들려오는 폭음 때문이었다.

잠들어 있는 동안 내내 고요했는데 어찌 된 일인지 시시때때로 폭음이 울려 퍼지면서 땅이 뒤흔들린다. 그래서 결국 눈을 뜨고 말았다.

"음……."

문제는 눈을 뜨긴 떴는데 몸에 힘이 하나도 없다. 자기가 살아 있긴 한 건지 의심스러울 정도로 의식이 붕 떠 있었고 육체는 말을 듣지 않았다.

아젤은 마음을 침착하게 가라앉혔다. 여전히 자신이 숨을 쉬고 있고, 심장이 느릿느릿하게 뛰고 있다는 것을 확인하고 나서 손에 힘을 주었다.

꿈틀.

손가락이 움직였다.

꼬물.

발가락이 움직인다.

오랫동안 움직이지 않은 몸은 화석처럼 굳어 있었다. 긴 겨울잠을 자는 동물은 깨어난 직후에는 반시체나 다름없게 마련이었고, 그도 마찬가지였다.

굳어 있던 몸에 따스한 피가 돌면서 활력이 일어나기 시작한다. 죽어 있던 감각이 살아나면서 피부에 와 닿는 공기가 느껴졌다.

손가락과 발가락을 꼬물거리기 시작한 뒤로 눈에 띄는 움직임을 행할 수 있기까지는 많은 인내와 노력이 필요했다. 한 시간에 걸쳐 발버둥 친 후에야 팔을 들어 올릴 수 있었다.

'좋아. 일단 움직이긴 하는군. 그런데……'

여기가 어딘지 전혀 짐작이 가질 않는다.

'칼로스 이 녀석, 나를 어디다 갖다 놓은 거야?'

사방이 깜깜해서 한 치 앞도 보이지 않는다.

누워 있는 곳은 침대처럼 푹신했지만, 별로 넓지 않은 공간이라는 것은 쉽게 알 수 있었다. 손만 뻗어봐도 이쪽을 막고 있는 벽에 닿았으니까.

'이거 설마 관인가?'

구조상 널찍한 관에다가 그를 넣어 놓은 게 아닌가 의심되었다.

살아 있는 사람을 관에다가 넣어 두다니, 그리 좋은 기분은 아니다. 하지만 뭔가 마법적인 의미가 있었으리라. 아젤은 그렇게 생각하며 기억을 되짚어보았다.

그는 용마왕 아테인을 무찌르고 대륙을 절망에서 구해낸 영웅, 아젤 카르자크였다.

그러나 용마왕 아테인의 저주로 인해 죽어가게 되었기에 친구인 칼로스의 제안으로 긴 잠에 들었다. 용의 수면기와 같은, 저주를 이겨내기 위한 기나긴 잠이었다.

그것을 위해 강력한 의식이 필요했다. 칼로스 본인을 포함해서 강력한 마법사 몇몇이 비밀리에 모여서 의식을 진행했다.

아젤의 기억은 거기까지였다. 자신을 바라보던 칼로스의 안타까운 얼굴을 끝으로 모든 것이 암흑이었다. 그 후에도 뭔가 파편화된 기억들이 떠오르는 것은 현실의 경험이 아니라 꿈속을 헤매고 다닌 후유증일 것이다.

그래서 아젤은 자기가 어디에 잠들었는지, 어떤 상태인지 알 도리가 없었다.

'일단은 나가봐야겠군.'

여기서 아무리 머리를 굴려 봤자 알 수 있는 게 없다. 그렇게 판단한 아젤은 관 뚜껑을 밀어보았다.

꿈쩍도 하지 않는다.

"……."

한참 동안 관 뚜껑을 밀던 아젤은 힘이 빠져서 팔을 내렸다. 힘껏 밀어봤을 때의 반응으로 보건대 무작정 안쪽에서 민다고 열리는 구조가 아닌 것 같다. 혹시 뭔가 마법적인 장치로 열리게 되어 있는 것일까?

'으으윽, 칼로스 이 자식 쓸데없는 짓을 해놓다니!'

아젤이 이를 갈았다.

용의 수면기와 같은 마법의 잠에 빠져 있을 때는 이런 곳에 갇혀 있어도 상관없었다. 하지만 깨어난 이상 밖으로 나가지 못하면 곤란하다. 공기야 통하니 호흡은 할 수 있지만 이대로 굶어 죽을 게 아닌가?

'좋아. 힘으로 열고 나가주지.'

아젤은 눈을 감고 정신을 집중했다.

본래 그의 몸에는 인간의 한계를 초월한 어마어마한 힘이 있었다. 그 힘을 발휘하면 이딴 관짝쯤이야 단숨에…….

'어? 뭐야?'

자신의 내면을 관조한 아젤은 당황했다.

없었다.

전신의 영맥(靈脈)을 타고 흐르면서 그를 초인으로 만들어 주었던 힘이 모조리 사라져 버렸다.

'설마… 수면기를 유지하느라 힘을 다 써버린 거야?'

짐승들은 겨울잠을 자기 전에 잔뜩 음식을 먹어서 영양분을 보충한다. 그리고 겨울잠을 자는 동안 그렇게 보충한 영양분을 다 써버리고 깨어난다.

아젤의 상황이 그와 같았다. 얼마나 오래 잠들었는지는 모르겠지만 생명 유지를 위해서 가진 힘을 다 썼다면 납득이 간다.

'아니, 납득하고 있을 때가 아니다!'

아젤은 더욱더 집중력을 날카롭게 가다듬었다. 여기서 나갈 방법을 찾지 못하면 이대로 굶어 죽는다. 저주를 이겨내겠다고 용의 수면기까지 흉내 냈는데 굶어 죽는다면 얼마나 웃기는 일이겠는가?

'좋아.'

아젤은 말라 버린 영맥 속에 잠재되어 있는 힘의 파편들을 감지했다. 그리고 강한 의념으로 그것을 그러모았다.

두근.

심장이 뛴다.

그것은 그가 아직 살아 있다는 증거다. 심장이 고동치고 그로 인해 호흡한 공기를 받은 신선한 피가 혈관을 타고 육체를 돌아다님으로써 그의 육체는 살아 있는 상태를 유지한다.

또한 심장의 고동은 전사들이 쓰는 비술 '스피릿 오더'의 근원이기도 했다.

심장이 고동칠 때마다 그 진동이 전신으로 퍼져 나가면서 영맥을 자극한다. 그리고 영맥을 타고 흐르는 마력이 그 진동을 받아서 증폭하면서 초인적인 힘을 가져온다.

'한 번쯤은 가능하겠군.'

몸에 남아 있던 힘의 파편들을 모으는 데 성공한 아젤은 신중하게 판단했다.

미약한 힘이다. 어지간한 실력으로는 이걸 갖고 뭔가를 할 생각도 하지 못할 것이다.

하지만 아젤이라면 심장의 고동, 그리고 혈관의 진동을 이용해 증폭시켜 한 번쯤은 큰 파괴력을 발휘할 수 있으리라. 자신을 가둔 관짝이 아무리 두꺼워도 부숴 버릴 수 있는 위력을!

'간다!'

아젤은 눈을 떴다. 그리고 양 손가락을 쫙 폈다.

그때였다.

우우우우우웅!

갑자기 주변에서 막대한 힘이 아젤의 영맥으로 유입되었다. 예기치 못한 사태에 아젤이 깜짝 놀랐다.

'이런!'

하필이면 없는 힘을 그러모아서 최대치로 증폭시키는 이 순간에 새로운 힘이 유입되다니! 그것도 자신이 발하는 것보다 훨씬 막대한 양이!

'큭!'

자칫하면 자멸할 수도 있는 상황이었지만 아젤은 놀라운 순발력을 발휘했다. 막 발하려던 힘을 흩어서 한 차례 다시 영맥을 순환시키면서 새로 유입된 힘과 뒤섞는다. 그리고 몸에서 난동을 부리기 전에 그대로 방출해 버린다!

그러자 양손에서 시퍼런 섬광이 분출되었다. 주변을 덮은 어둠을 불사르는 눈부신 빛이 위쪽으로 폭발한다.

콰콰콰콰콰!

빛과 함께 공기가 요동치며, 사방이 환하게 밝아졌다.

2

콰과광!

폭음과 함께 흙먼지가 장대하게 일었다. 대지에 커다란 구멍이 뻥 뚫리면서 시퍼런 섬광이 분출되었고 그 뒤를 따라서 하나의 그림자가 튀어나왔다.

쿠구구구구……

그리고 지반이 붕괴하면서 대량의 토사가 그 구멍을 메워 버렸다.

"으윽……"

하마터면 그 붕괴에 휘말릴 뻔한 아젤이 신음했다. 관짝을 부수고, 남은 힘을 모조리 써서 밖으로 튀쳐나왔다. 그러지 않았으면 그대로 생매장 당했으리라.

"젠장……. 깊… 이……"

깊이도 파묻어 났다고 투덜거리려고 했는데 목소리 대신 갈라진 숨소리만 새어 나온다. 입술도, 입안도, 그리고 목도 끔찍할 정도로 말라 버려서 목소리를 내는 것조차 힘들었다.

튀쳐나오면서 파악한 바로는 지상까지는 10미터는 넘었다. 하지만 관하고 천장 사이에는 3미터 정도의 여유 공간이 있었다. 원래 방출하려던 힘이었다면 관 뚜껑만 부수고 나올 수 있었을 텐데 갑자기 외부에서 유입된 대량의 힘이 문제였다.

그 양이 어찌나 막대했는지 관 뚜껑을 부수고, 허공을 격해서 돌로 이루어진 지하 건축물의 두꺼운 벽을 꿰뚫고, 그것으로도 모자라서 10미터를 넘는 지반까지 날려 버린 뒤 아젤의 몸을 그 위로 내던진 것이다.

'그건 도대체 뭐였지?'

하필이면 그 타이밍에 유입되다니, 아젤이 아니고 다른 이였다면 제어하지 못해서 자멸했을지도 모른다.

"윽."

지상으로 빠져나온 아젤은 햇살이 눈을 찔러서 움찔했다. 오랫동안 잠들어 있던 그에게 이런 밝은 햇살은 폭력이나 마찬가지였다.

지금의 아젤은 실오라기 하나 걸치지 않은 알몸이었고, 미라처럼 비쩍 말라서 마치 괴물처럼 보였다. 그런 몸으로 움직이고 말도 한다는 사실이 믿어지지 않을 지경이었다.

실제로 말도 하기 힘들다. 기운이 없어서이기도 하지만 입술도 갈라지고 입안이 바짝 말라 있었기 때문이다.

'물을 찾아야 해.'

뭔가 먹어서 영양을 보충하는 게 시급하다. 하지만 그보다 더 급한 것은 물이었다.

아젤은 자신의 몸이 어떤지 볼 수 없었다. 하지만 확인하지 않아도 심각한, 언제 죽어도 이상하지 않은 상태라는 것쯤은 알았다.

'하필이면 숲 한복판이라니… 왜 하필이면 이런 곳에다가 묻어놓은 거야?'

주변을 둘러본 아젤은 암울해졌다. 주변은 나무가 우거진 숲이었다. 이런 곳이라면 어떤 위험이 도사리고 있을지 알 수 없다. 지금 상태로는 흉포한 맹수 하나만 만나도 저승행이다.

'목숨이 운에 달렸군.'

바싹 마른 입술을 깨문 아젤은 가까스로 몸을 일으켜서 움직이기 시작했다. 물을 찾아서 마셔야 한다. 그다음에는 과일이라도 찾아서 영양을 보충하자. 몸이 조금이라도 회복되면 어떻게든 영맥에 마력을 다시 채워서……

그렇게 생각하면서 조심스럽게 나아가고 있을 때, 문득 감각을 자극하는 소리가 있었다.

'사람들이다.'

나무들 저편에서 사람이 내는 소리가 들렸다. 몇 명인지 모르겠지만 상당한 인원이 이런저런 대화를 나누면서 다가오고 있었다.

'일단은 살았다고 해야 하나?'

그렇다고 낙천적으로 볼 수만은 없는 상황이다. 지금 다가오는 게 어떤 이들인지 어떻게 알겠는가? 사람 목숨을 파리 목숨으로 아는 도적 떼이기라도 하면?

잔뜩 긴장한 채 그들이 오는 방향을 노려보고 있는 아젤 앞에 모습을 드러낸 것은 가죽 갑옷을 입고 창을 든 청년이었다. 그는 아젤을 보는 순간 흠칫 놀라서 뒤에다 대고 말했다.

"사람이 있습니다!"

뒤이어 여러 명의 남자가 우르르 모습을 드러냈다. 다들 같은 복장을 하고 있었다.

'정규군인가?'

그렇게 판단한 것은 그들의 무장이 통일되어 있고, 가죽 갑옷 안에도 똑같은 옷을 입었기 때문이다. 칙칙한 검록색을 띤 저 옷은 군복이리라.

"백부장님."

잠시 후, 다른 이들과는 구분되는 차림새를 한 남자가 나왔다. 투구에 붉은 술이 달리고 허리에는 검을 차고 있는 곱슬진 금발의 청년이었다.

그를 보는 순간 아젤은 흥미를 느꼈다.

'제법 강한데?'

청년의 외모는 백부장이라는 직위와는 별로 어울리지 않는 이미지다. 곱상한 도련님 같은 인상에 아직 앳된 기색이 다 가시지도 않아서 스무 살도 안 되어 보였기 때문이다.

하지만 그에게서 풍기는 분위기는 인상적이었다. 그가 나오는 동안 병사들이 자연스럽게 자리를 비키는 것은 그가 백부장이어서만은 아니리라. 그가 스피릿 오더 수련자이며, 은연중에 사람들을 위압하는 기운을 흘리고 있기 때문이다.

"사람… 이 맞는군."

백부장이라 불린 청년은 아젤을 보고 눈살을 찌푸렸다. 아젤의 몰골이 살아 있는 사람으로 보기 힘들 지경이었기 때문이다.

'어떻게 하면 사람이 저런 몰골이 될 수가 있지?'

사람이 극도로 굶어서 병약해진다고 해도 저렇게 될 수 있을까? 대낮이 아니고 밤이었다면 사악한 마법으로 움직이는 시체라고 의심했으리라.

"나는 루레인 왕국 서부 국경수비대 소속 백부장, 기사 자일 빈스다. 귀하의 신분을 밝혀줄 수 있겠나?"

아직 앳된 기색이 남아 있는 얼굴이었지만 말투에는 절도가 있었다. 아젤은 그의 말투가 참 기사답다고 생각하면서 대답하려고 했다.

"나… 는……."

하지만 목소리가 나오지 않는다.

"……."

아젤이 갈라진 숨소리만 내다가 헐떡거리는 것을 본 자일이 말했다.

"대화를 나눌 수 있는 상태가 아닌 것 같군. 일단 우리 야영지로 데려가지. 괜찮겠나?"

"어……."

아젤은 괜찮다고 말하려다가 그냥 고개를 끄덕였다. 그것으로 상대와 의사소통이 된다는 것을 확인한 자일이 병사들에게 눈짓했다.

그러자 덩치 큰 병사 둘이 나서서 아젤을 부축했다. 아젤은 혼자 걸을 수 있다고 말하고 싶었지만, 한 발짝 내딛는 것조차 힘들었다.

'아, 꼴이 말이 아니군, 진짜.'

그런 아젤을 병사들이 부축해서 야영지로 향했다. 문득 자일이 물었다.

"물이라도 마시겠나?"

순간 아젤은 눈을 번쩍 떴다.

물이라!

아, 이 얼마나 감미로운 울림을 가진 단어인가?

아젤이 고개를 끄덕이는 것을 본 자일이 허리에 차고 있던 물통을 뚜껑을 열어서 건네주었다. 그것을 받은 아젤은 급하게 입으로 가져가다가 멈칫했다. 그리고는 아주 천천히, 신중하게 물통을 기울여서 물을 마셨다.

"아아아아……."

그것은 그야말로 생명수였다. 바짝 말라 버린 입에 물방울이 닿는 순간, 아젤의 전신을 타고 전율이 퍼져 나갔다.

하지만 그것도 잠시, 나름 천천히 마신다고 한 건데도 순식간에 물통이 비어버렸다. 아젤은 안타까운 눈으로 물통을 바라보다가 자일에게 돌려주었다.

'좀 살 것 같군.'

그저 물 한 통을 마신 것만으로 다 죽어가는 몸이 극적으로 살아나진 않는다. 하지만 당장에라도 기절할 것 같았던 정신이 깨어나고, 몸에 조금이나마 힘이 돌아왔다.

"고… 맙……."

"아, 말하지 않아도 괜찮다."

자일이 힘겹게 말하려는 아젤을 만류했다. 그리고 부하들에게 물었다.

"누구 물 남은 사람 있나? 아무래도 한 통으로는 모자란 것 같군."

곧바로 옆에 있던 병사들이 자신의 물통을 내놓았다. 아젤은 병사들의 물통을 세 통이나 비운 후에야 만족했다.

오랜 시간 수면기에 빠져 있던 몸은 영양도, 수분도 극단적으로 부족해 몸속에 아직 피가 남아서 혈관을 흐르고 있다는 게 신기할 정도였다. 그러다 보니 물을 마시는 것만으로도 상태가 확연히 호전되었다.

게다가…….

'음. 일단 이 정도면 괜찮을 것 같군.'

인간을 초인으로 만들어주는 비술, 스피릿 오더를 극한까지 연마한 아젤은 일반인은 통제하지 못하는 육체의 내부까지도 뜻대로 할 수 있었다. 그것으로 수분 흡수의 효율을 극대화하니 몸 안쪽이 급속도로 부풀어 오른다.

그러는 동안 아젤과 병사들은 야영지에 도착했다.

"아……."

야영지를 본 아젤은 눈을 크게 떴다.

그곳은 유적 발굴 현장이었다. 숲 한가운데를 크게 파헤쳐서 지하로 통하는 입구가 드러나 있었고, 그 주변을 파헤치고, 유적의 벽을 깎아내는 작업이 한창이었다.

'내가 이래서 깨어난 거였나.'

아젤은 자신을 깨운 소음이 이들의 발굴 작업에서 비롯되었음을 알아차렸다.

이들이 발굴하고 있는 유적은 바로 아젤이 잠들어 있던 지하 건축물일 것이다. 아무래도 칼로스가 그를 수면기 동안 보존하기 위해 비밀 시설을 건축해 둔 모양이었다.

'시간이 얼마나 지난 건지……'

그런 비밀 시설이 유적 취급을 받으면서 발굴된다는 것은 아마도 긴 시간이 흘렀다는 이야기리라. 어쩌면 아젤 자신이 예상했던 것보다도 훨씬 더.

깨어났을 때부터 느꼈던 불길한 예감이 점점 강해지고 있었다.

3

곧 아젤은 야영지 한구석에 있는 자일의 막사로 안내되었다. 백부장이라 그런지 부하들과는 따로 개인 막사를 쓰고 있었다.

"일단 여기 앉도록."

자일은 아젤에게 의자를 내주고는 모포를 건네주었다.

"이걸로 몸을 가려라. 남는 옷을 가져올 때까지는……."

"아."

그제야 아젤은 자기가 알몸이라는 사실을 깨달았다. 워낙 괴기스러운 용모라서 다들 거기에는 신경 쓰는 모습을 보이지 않아서 아젤 자신도 잊고 있었다.

'젠장. 깨어나자마자 이게 웬 개망신이야?'

아젤이 얼굴을 붉혔지만 미라 같은 몰골이다 보니 티가 나지 않았다.

자일이 말했다.

"아직 말을 하기 힘들 테니 듣기만 해라. 우리는 유적 발굴 중에 근방에서 일어난 폭발을 보고 상황을 파악하기 위해 갔다가 당신을 발견했다."

그것은 아젤이 관짝에서 나오기 위해서 일으킨 폭발이리라. 아젤은 소동을 피우길 다행이었다고 생각했다.

자일이 말을 이었다.

"이 유적을 발굴하는 것은 우리 군이 수행하고 있는 중요한 임무다. 따라서 우리는 귀하가 누구인지, 그리고 그곳에서 무슨 일이 있었던 것인지 알아야 할 필요가 있다. 이해했나?"

사리에 맞는 말이었기에 아젤은 일단 고개를 끄덕였다. 하지만 동시에 딴생각을 떠올렸다.

'이거 어떻게 설명해야 하지?'

자기가 잠든 후로 얼마나 시간이 지났는지, 그리고 여기가 어디고 이들이 누구인지도 모르는 판이다 보니 어떻게 대처

해야 할지 난감하다. 그리고 곧이곧대로 말해줘 봤자 믿을 것
같지도 않고…….

'일단 상황을 파악해야 하는데…….'

다행히 자일은 아젤을 급하게 다그칠 생각이 없었다. 그러
기에는 아젤의 몰골이 너무 불쌍해 보였기 때문이다.

"일단 군의관에게 상태를 보이고, 하루 동안 쉬게 해주겠
다. 그다음에는 심문에 응해주시길 바란다."

아젤은 고개를 끄덕였다. 군대라는 조직의 특성상 수상한
외부인인 아젤을 좀 더 거칠게 다뤄도 이상하지 않을 것이다.
그런데 이렇게 예의를 다해주니 오히려 기분이 묘하다.

'거 참. 이런 녀석이 명문 기사단이 아니라 정규군에서 백
부장을 하고 있다니…….'

아젤은 자일이 귀족임을 확신했다. 가문에서 좋은 교육을
받고 자라지 않고서야 저렇게 기품 있고 예의 바른 태도를 갖
출 수 없으리라.

곧 자일의 부하가 아젤을 위해 남는 옷을 구해왔다. 인부들
에게 주는 작업복이었지만 아젤 입장에서는 그것도 감지덕지
였다.

그다음으로 아젤은 군의관에게 안내되었다. 전투 상황이
아닌지라 한가하게 대기 중이었던 젊은 군의관은 아젤을 보
고는 흠칫했다.

"뭐야? 살아 있는 사람 맞나?"

지금의 아젤은 그나마 수분을 보충해서 겉으로 보이는 상태가 훨씬 나아졌다. 하지만 그래 봤자 괴물처럼 보이는 건 마찬가지였다.

아젤을 안내한 병사가 말했다.

"자일 백부장님께서 이 사람을 진료해 달라고 하셨습니다."

'진료?'

아젤은 고개를 갸웃했다. 그가 모르는 단어였다.

아까 전부터 주변의 말소리에 귀를 기울여 보니 이런 일이 잦았다. 어법이나 억양은 그가 아는 것과 거의 다름없다. 그의 입장에서 보면 부분부분 마치 약한 사투리를 듣는 것처럼 이질적으로 들리는 경우가 있을 뿐이다.

그런데 그 속에 아젤이 모르는 말들이 섞여 있다.

예를 들면 '군의관'이 그렇다. 아젤의 시대에는 군대에 군의관이라는 보직이 존재하지 않았다. 신전에서 치유술을 터득한 사제가 군을 따라다녔을 뿐이다.

'진료'라는 말도 마찬가지다. 치유술사가 환자를 보는 것을 그렇게 전문적인 용어로 말하지는 않았다.

그래서 아젤은 이들의 대화를 들을 때 마치 말귀가 어두운 사람처럼 묘하게 반응이 느려지는 때가 있었다. 모르는 말의 의미를 추측하느라 그런 것이다.

'뭐지? 내가 와보지 못한 곳이라서? 아니면……'

아젤이 의문에 잠겨 있는데 군의관이 말했다.

"음. 어디서 데려온 누군데?"

"그게……."

병사가 사정을 설명했다. 군의관이 눈살을 찌푸렸다.

"이거 무슨 흑마법 실험이라도 당한 거 아냐?"

그 말을 들은 아젤은 생각했다.

'그거 괜찮은데?'

흑마법사에게 납치당해서 고문에 가까운 실험을 당했다. 그래서 이런 꼴이 되었고 자기가 누군지 잘 기억나지 않는다. 이름 정도는 기억나지만 그 외에는 모든 게 흐릿하고 파편화되어 있다……

그 정도면 괜찮은 핑곗거리가 될 것 같았다. 오히려 진실을 곧이곧대로 이야기하는 것보다 훨씬 설득력이 높지 않을까?

약간 겁먹은 표정으로 아젤을 바라보던 군의관은 곧 손을 아젤의 이마에다 가져다 댔다. 그의 손끝에서 따스한 빛이 떠오르면서 아젤의 몸에 스며들었다.

'치유술사군.'

치유술사는 마법사의 변종쯤으로 취급되는 존재다. 평소에 특수하게 제조한 약물의 힘을 체내에 축적하고 있다가 마력과 융합해서 발현하는 게 가능한 이들.

'사제는 아닌 것 같은데…….'

아젤의 시대에 치유술사는 모두 신전의 사제였고 그 수도

적었다. 하지만 눈앞의 남자는 성직에 종사하는 것으로는 보이지 않는다.

'사제가 아닌 치유술사가 군의관이라는 직책을 받고 군대에 소속되어 있는 건가?'

흥미로웠다. 아젤이 잠들기 전에는 오로지 신전의 사제들만이 치유술을 행할 수 있었기에 그들은 군에서는 높은 지위를 가진 자에게도 존중받았다. 하지만 지금은, 아니, 적어도이 남자는 그렇지 않은 것 같다.

곧 군의관이 혀를 찼다.

"어떻게 이런 상태로 살아 있지?"

치유술사는 접촉을 통해서 상대방의 몸 상태를 파악할 수 있었다. 그리고 필요한 곳에 치유력을 공급함으로써 상처와 병마를 치유하는 것이다.

군의관이 파악한 아젤의 상태는, 정말로 살아 있다는 것 자체가 신기할 지경이었다. 하물며 의식을 유지하고 자기 발로 걸어 다니는 건 어불성설이다.

기가 막혀하던 그가 병사에게 말했다.

"야. 이 사람… 다른 거 필요 없고 일단 물이랑 뭐 좀 먹여."

"네?"

"극단적인 기아 상태야. 의식을 유지하고 있는 것 자체가 말이 안 될 정도로. 이런 몰골 보면 일단 그런 생각 안 드냐?"

"그게… 그렇게 생각하기에는 너무 무서워서 말입니다."

"하긴 사람이라기보다는 괴물처럼 보이긴 하는군."

군의관의 말에 아젤은 살짝 상처받았다. 이래 봬도 뭇 여성의 연심을 한 몸에 받았던 사람에게 괴물이라니.

"취사장한테 가서 소화하기 쉬운 걸 좀 만들어달라고 해. 수프 같은 걸로."

"알겠습니다."

"그리고 이 사람, 움직이기 힘들 테니까 여기로 가져와라."

"네, 하지만 여기까진 잘 걸어왔습니다만……."

"그게 정말 안 힘들어서 그랬던 걸로 보이냐?"

그 말에 병사는 할 말이 없어졌다.

병사가 나가고 나자 군의관이 아젤에게 말했다.

"물이라도 마시겠나?"

아젤은 냉큼 고개를 끄덕였다. 물은 아무리 많이 마셔도 모자란 상태였다.

아젤이 신중하게 물을 마시는 걸 본 군의관이 말했다.

"어디의 누구인지는 모르겠지만 무리하지 않는 게 좋아. 아무리 스피릿 오더를 익혔다고 하더라도."

"……."

"무서우니까 그런 눈으로 보지 마. 난 치유술사라고. 환자가 뭘 익혔는지 정도는 알지."

'아니, 딱히 무서우라고 본 건 아닌데…….'

아젤은 군의관이 그걸 알아본 게 흥미로워서 봤을 뿐이다. 그런데 군의관은 그걸 경계하고 노려보는 걸로 착각한 모양이다.

'도대체 내 꼬락서니가 어떻길래…….'

이쯤 되면 한번 보고 싶어진다. 아젤은 말했다.

"넓은 그릇… 에… 물을 줄 수… 있나……?"

"음? 그건 왜? 아니, 됐어. 주지."

군의관은 아젤이 힘들게 대답하려는 걸 막고 세숫대야에 물을 담아주었다. 아젤은 그 수면에 비친 자신의 얼굴을 보고는 흠칫했다.

'와, 진짜 괴물이잖아?'

이건 뭐 괴물 취급 받아도 마땅하다. 처음에 자기를 보고 사람 취급해 준 자일의 인격을 칭송하고 싶어질 정도다.

'젠장. 대리석 조각 같던 내 몸은 어딜 가고…….'

예전 자신의 모습을 떠올리면서 지금 모습과 비교하니 눈물이 날 것 같다.

'그나마 머리가 안 빠져서 다행이군.'

아젤 스스로도 마음에 들었던 붉은 머리칼은 길게 자란 채였다. 상당히 푸석푸석해져서 볼품없긴 했지만 말이다.

군의관이 말했다.

"자기 모습이 어떤지 몰랐던 건가?"

아젤이 고개를 끄덕였다.

군의관이 말했다.

"으음. 도대체 무슨 일을 겪은 건지는 모르겠지만 보통 힘들었던 게 아니었을 것 같군."

곧 병사가 따끈따끈한 수프를 가져왔다. 아젤은 그것을 받아 들고는 조심스럽게 한 숟갈씩 떠서 넘겼다.

고작 수프였지만 한 숟갈씩 떠넘길 때마다 몸이 변화하는 게 느껴진다. 약간이나마 수분과 영양을 보급한 것만으로도 눈에 띄게 활력이 돌아왔다.

그 모습을 가만히 보던 군의관이 말했다.

"난 릭 보르엔이야. 이름이 뭔가?"

곧바로 대답하려던 아젤은 불현듯 생각난 것이 있어서 잠시 뜸을 들였다. 이마에 손을 짚으면서 눈살을 찌푸린다.

"이름……."

"그래. 이름."

"아젤… 제스트링어……?"

"아젤 제스트링어?"

"아마도……."

모호하게 대답한 것은 자신의 기억이 불확실하다는 인상을 심어주고 싶었기 때문이다.

또한 제스트링어는 그의 원래 성이었다. 그는 원래 평민 출신으로, 용마왕 아테인을 쓰러뜨린 업적으로 카르자크 후작으로 책봉되었고 그 후로는 공적으로도, 사적으로도 아젤 카르자크라고 불렸다.

릭이 물었다.

"아마도라… 기억이 불확실한 건가?"

아젤이 고개를 끄덕였다. 릭이 눈살을 찌푸렸다.

"정말 심한 일을 당했나 보군."

"마법사……."

"음?"

"마법사가… 나를… 잘은 기억나지… 않지만……."

"아."

릭의 표정이 어두워졌다.

자기가 별 생각 없이 던진 말이 맞았다는 사실에 죄책감을 느낀 것이다. 아젤이 정말로 그런 일을 당했다면 가볍게 언급할 만한 일이 아니었다.

물론 그것은 아젤이 노린 바였다. 아젤은 그의 표정을 보며 속으로 사과했다.

'미안하군. 하지만 그게 서로가 납득하기 편할 테니까.'

그런 아젤의 시커먼 속내를 모르는 릭이 동정 어린 표정으로 말했다.

"음. 오늘은 여기 막사에서 푹 쉬도록 해. 식사는 병사들에게 말해서 가져오게 할 테니까. 지금 상태로는 내가 달리 해줄 수 있는 게 없군."

아젤은 고개를 끄덕였다.

4

아젤은 그날 두 끼를 수프와 물로만 때우고 푹 잤다. 사실 더 먹고 싶었지만 릭이 지금 상태에서는 아무리 허기져도 갑자기 많이 먹었다가는 탈이 날 거라고 판단했기 때문이다.

'상식적인 판단이니 뭐라고 할 수도 없고.'

사실 아젤은 자기가 훨씬 많이 먹어도 괜찮을 거라는 확신이 있었다.

비록 영맥이 다 말라 버리기는 했지만 스피릿 오더를 연마해서 얻은 신체 제어 기술이 어디 가지는 않았기 때문이다. 하지만 그런 사정을 설명할 수도 없는 노릇이니 잠자코 그의 말에 따를 수밖에.

하지만 그렇게 하루 지나는 것만으로도 아젤의 외모는 눈에 띄게 변했다. 말라서 쩍쩍 갈라졌던 피부에 약간이나마 생기가 돌았고 뼈에 가죽이 그대로 달라붙어 있었던 몸도 조금 부풀었다.

그렇게 몸이 좀 회복되기 시작하자 아젤은 명상으로 자신의 상태를 보다 명확하게 파악해 보았다.

'환장하겠군.'

그가 잠에 빠져들기 이전에 쌓아 올렸던 모든 힘이 사라졌다.

강인하게 단련되었던 근육은 모조리 사라졌고 힘이 넘쳐서 주체할 수 없을 정도였던 영맥은 완전히 말라 버렸다. 스피릿 오더를 터득한 자가 힘의 기반으로 삼는 생명의 고리도 죄다 소멸했다.

'생명의 고리까지 없어질 줄이야.'

영맥이 말라도 생명의 고리는 남아 있을 줄 알았다. 하지만 오랜 시간 동안 수면기를 유지하는 과정에서 생명의 고리를 이루고 있던 마력까지도 끌어다가 써버린 모양이다.

자신은 도대체 얼마나 잠들어 있던 것일까? 시간이 지나면 지날수록 그 사실이 절실하게 궁금해졌다.

어쨌든 이래서야 모든 것을 처음부터 시작해야 했다. 말라비틀어진 영맥을 마력으로 채워서 되살리고, 생명의 고리를 구축해야만 예전의 힘을 되찾을 수 있을 것이다.

'그래도 저주는 사라졌으니 다행이라고 여겨야 하나?'

칼로스의 예상은 맞아떨어졌다.

용의 수면기를 모방해서 긴 잠을 잔 아젤은 저주를 이겨내는 데 성공했다. 그의 몸에는 더 이상 생명을 갉아먹는 용마왕의 저주가 없었다.

'그래. 그거면 됐어.'

아젤은 더 많은 걸 바라지 않기로 했다. 이미 대가는 얻었다. 궁금한 게 많지만 일단은 해야 할 일에 집중하기로 했다.

아젤은 곧바로 스피릿 오더를 재수련하기 시작했다.

스피릿 오더의 수련은 특정한 심상을 구축함으로써 정신과 육체를 일정한 상태로 유도한다. 그리고 그 상태에서 대기 중의 마나와 공명하여 발생한 에너지를 받아들여서 영맥에 채우는 것이다.

마나.

그것은 대기 중에 가득한 에너지원이다. 전사의 스피릿 오더도, 마법사의 마법도 모두 정신을 마나와 공명함으로써 발생한 마력을 기반으로 한다.

마나에 대해서 밝혀진 것은 그것이 강한 의념과 반응하며, 그로써 어떤 형태의 에너지로든 변환될 수 있다는 사실이었다. 그렇기에 마법사가 그토록 다채로운 현상을 일으킬 수 있는 것이다.

우우우우웅…….

명상에 빠진 아젤이 마나와 공명하니 릭이 깜짝 놀라서 들여다보았다. 치유술사인 그 역시 마나의 움직임에 민감했던 것이다.

"스피릿 오더 수련인가?"

마법도 그렇지만 스피릿 오더도 함부로 남에게 가르쳐 주지 않는 비술이다 보니 다른 이들 앞에서 대놓고 수련하지 않는다. 하지만 아젤은 릭의 존재를 뻔히 알고 있으면서도 신경 쓰지 않고 마나 공명을 일으켰다.

"음."

그렇게 마나 공명을 계속하자 아젤의 앞에 희미한 빛 덩어리가 떠오른다. 릭은 그것을 보자마자 정체를 깨달았다.

'마력 응집체잖아? 생명의 고리가 하나도 없던데 어떻게 저런 밀도의 마력 응집체를 만든 거지?'

스피릿 오더를 터득한 자가 구축한 생명의 고리는 그가 발휘할 수 있는 힘의 크기다. 생명의 고리가 많으면 많을수록 강력한 힘을 발휘한다.

하지만 릭이 살펴봤을 때, 아젤은 영맥도 제대로 활성화되지 않았고 생명의 고리는 하나도 없었다. 그런데 빛의 형상으로 유형화될 정도로 밀도 높은 마력 응집체를 만들어내다니?

릭의 의문을 들었다면 아젤은 이렇게 답했을 것이다.

'그야 생명의 고리가 없어도 마력을 자유자재로 제어할 수 있을 정도로 마력 통제력이 높으니까.'

아젤은 이미 스피릿 오더를 연마해서 극한의 경지를 엿보았던 경험이 있다. 그런 그가 타의 추종을 불허하는 마력 통제력을 갖는 것은 당연했다.

다른 술사들이라면 마나 공명으로 일으킨 힘의 일부만을 모공을 통해 흡수했을 것이다. 하지만 아젤은 그 모든 힘을 한데 응집시킨 다음, 두 손으로 받쳐 들었다.

그리고 마셨다.

릭이 눈을 휘둥그레 떴다.

"마력 응집체를… 먹었어?"

이런 경우는 들어본 적도 없었다. 아젤은 스스로 만들어낸 마력 응집체를 마치 물을 마시듯이 마셔 버린 것이다!

"후우."

그것으로 말라 버린 영맥에 상당한 마력이 흘러들어 왔다. 아젤은 전신의 영맥에 마력을 순환시켜서 적셔주고는 남은 힘을 모아서 원형을 그려냈다.

'오늘 하루만에는 안 되겠군.'

하지만 역시 생명의 고리를 형성하는 작업은 만만치 않았다. 이 정도 마력으로는 생명의 고리의 원형이 될 작은 원조차도 유지할 수 없었다.

아젤은 다시금 마나 공명을 일으켜서 마력 응집체를 만들려고 했다. 하지만 순간 눈앞이 핑 돌았다.

"윽……."

책상다리로 앉아 있었는데도 균형을 잃고 쓰러질 뻔했다. 가까스로 땅을 짚어서 넘어지는 걸 면한 아젤은 문제점을 깨달았다.

'이런. 몸이 못 버티네, 이거.'

몸 상태가 너무 안 좋아서 짧은 시간 마나 공명을 일으키고, 한 번 마력 응집체를 받아들인 것만으로도 한계가 왔다.

스피릿 오더는 마력을 통해 육체를 강화하는 비술이다. 육체와 마력, 양쪽을 고루 단련해야 상승효과를 볼 수 있으며 어느 한쪽이 부족하면 다른 한쪽에도 영향을 끼친다.

릭이 말했다.

"무리하지 마. 그런데 마력 응집체를 만들어서 마시다니, 그건 도대체 어디서 배운 방법이지? 내가 스피릿 오더도 기본은 아는데, 그런 방식은 금시초문이야."

"……글쎄?"

아젤이 고개를 갸웃했다.

자기도 잘 모르겠다는 태도였다. 물론 연기일 뿐이었지만 낮에 깔아둔 복선 덕분에 릭은 그러려니 하고 넘어갔다.

아젤이 말했다.

"릭 군의관, 부탁할 게 있는데."

"음?"

"내일은 식사를… 정상적인 수준으로 하면 안 될까?"

그새 아젤은 제대로 말을 할 수 있게 되었다. 목소리는 끔찍하게 쉬어 있었지만 그래도 명확한 발음이다.

릭이 고개를 저었다.

"안 돼. 지금 당신 몸이 정상적인 식사를 소화할 수 있을 것 같아?"

"할 수 있을 것 같아서 하는 말이야."

"그냥 기분이 그럴 뿐이야. 그러다 피똥 싼다."

"아니, 정말로. 기억이 불확실하기는 한데… 스피릿 오더로 몸을 통제할 수 있는 것 같아. 나 오늘 소변도 한 번밖에 안 봤잖아."

"음?"

릭이 깜짝 놀랐다. 생각해 보니 그랬다. 아젤은 오늘 하루 동안 엄청난 양의 물을 마셨는데 소변을 보러 나간 것은 딱 한 번뿐이었다.

'몸이 저 모양이었으니 수분을 다 흡수해서 그럴 수도 있 겠지만… 그래도 정상은 아니지?'

반신반의하는 릭에게 아젤이 말했다.

"일단 내일 아침을 먹어 보고 부담된다 싶으면 그만둘게. 시도는 해보게 해주지 않겠어?"

"음. 좋아. 근데……."

릭이 못마땅한 표정으로 말했다.

"당신, 아주 자연스럽게 반말한다?"

"그러게? 근데 릭 군의관도 그렇잖아?"

"나야 이래 봬도 군에서는 백부장들도 존중해 주는 사람이 거든?"

"예전에는 나도 나름 대우받으면서 살았던 것 같아. 기억 은 잘 안 나지만, 아마도."

"거 참."

릭은 혀를 찼지만 더 뭐라고 하진 않았다. 애당초 남에게 존칭을 듣는 것에 목을 매는 성격이 아닌 것 같았다.

'게다가 이놈은 묘하게 친근하단 말이지?'

처음에는 사람 같지 않은 몰골에 놀람과 약간의 두려움을,

그다음에는 동정심을 느꼈다.

그런데 조금 이야기를 하다 보니 묘하게 친근하다. 이런 몰골이기는 해도 굉장히 편하게 대하게 된다.

아젤은 그의 반응을 보며 속으로 미소를 짓고 있었다.

'다행히 기운을 조절하는 건 잘되는군.'

흔히 사람이 다른 사람을 봤을 때는 특유의 느낌을 받는다. 보통 인상이라고 말하는 그런 분위기다. 어떤 사람은 편안하고, 어떤 사람은 위압적이고, 어떤 사람은 있는지 없는지 모를 정도로 존재감이 옅다.

높은 경지에 오른 스피릿 오더 수련자는 외부로 발하는 기운을 자유자재로 조절함으로 스스로의 인상을 바꿔놓을 수 있다. 아까 전, 자일이 은은하게 위압감을 풍기고 있었던 것도 그런 이치다.

아젤 역시 그러한 기술을 구사할 수 있었다. 그가 의도한 것은 부담 없이 친근한 분위기였고 그게 릭에게 잘 먹혀들어 갔다.

릭이 투덜거렸다.

"자일 경이 요상한 작자를 주워 왔군."

그는 자일을 백부장이라고 부르지 않고 기사에게 붙이는 경칭인 '경'으로 부르고 있었다.

아젤은 그 점을 의아하게 여기면서도 다른 것을 물었다.

"아, 혹시 몇 가지 좀 물어봐도 되나?"

"그거 당신 입장에서 할 소리가 아닌 건 알고 있나?"

"심문받는 입장이라는 건 알고 있어. 하지만 기억이 잘 안 나는 걸 어떡해."

"어디의 누구인지는 모르겠지만… 정말 **뻔뻔하게** 살았을 거야, 당신."

"내 생각에도 그래."

아젤이 쓴웃음을 지었다. 뻔뻔하지 않았다면 자기 목숨을 구하기 위해 엄청난 자원을 투자해 가면서 용의 수면기를 모방하려는 시도를 하진 않았을 것이다.

'뭐 칼로스 녀석은 시험해 보고 싶어서 안달이 난 기색이었지만.'

칼로스는 친구로서 아젤을 살리기 위해서 최선을 다했다. 하지만 그러는 한편 마법사로서 그 방법을 실행한다는 사실에 희열을 느꼈던 것도 분명하다. 원래 마법사라는 게 그런 인종 아니던가.

아젤이 물었다.

"여긴 어디야?"

"루레인 왕국 서부 국경지대에 있는 발란 숲."

"루레인 왕국이라……."

그러고 보니 자일도 자신을 소개할 때 루레인 왕국 서부 국경수비대 소속이라고 했었다. 그때는 신경 쓸 정신이 없어서 넘어갔는데, 지금 생각해 보니…….

'그런 나라는 없었는데.'

아젤이 아는 한 루레인 왕국이라는 나라는 존재하지 않았다.

하지만 루레인이라는 명사는 기억 속에 있다. 나딕 제국의 명문 귀족가 중 하나였던 루레인 공작가.

아젤은 가장 중요한 것을 물었다.

"혹시 지금이 아테인력으로 몇 년이지?"

대륙의 각 국가는 자신들의 개국원년부터 연수를 센다. 하지만 그것과는 별개로 아테인력이라 불리는, 용마족의 왕 아테인이 파멸하고 인간이 그 위협으로부터 해방되었을 때부터 마법사들이 해를 헤아리기 시작한 방식이 널리 쓰이고 있었다.

릭이 대답했다.

"222년이야."

"222년? 222년이라고 했나?"

"그래. 참고로 오늘은 4월 8일이고."

"허… 아니, 잠깐."

아젤은 충격 받은 표정으로 이마를 짚었다. 너무 충격이 커서 순간적으로 말을 이을 수가 없었다.

'220년이라니……'

아젤이 잠든 것은 용마왕 아테인을 쓰러뜨리고 나서 2년이 지났을 때의 일이다. 릭의 말대로라면 그로부터 무려 220년이라는 세월이 흐른 것이다.

'이럴 수가.'

오랜 시간이 지났을 거라고는 예상했다.

용의 수면기는 동물의 겨울잠과는 달리 적어도 수십 년 단위다. 그리고 아젤은 처음 깨어났을 때부터 자신이 아주 오랫동안 잠들었음을 어렴풋이 인지하고 있었다.

하지만 이 정도로 오랜 시간이 흘렀을 거라고는 상상 못했다.

'그래서 그랬군.'

분명히 같은 언어인데도 모르는 말들이 섞여 있었던 건 여기가 와보지 못한 지역이라서 그랬던 게 아니다. 그저 아주 오랜 시간이 흘러서 그가 모르는 말들이 생겨났을 뿐이다.

'내가 알던 사람은… 다 죽었겠군.'

칼로스도, 다른 친구들도, 함께 싸웠던 동료들도 모두…….

어느 정도는 각오한 일이다. 칼로스도 수십 년이 지나서 자기 자신도 죽은 후에야 아젤이 깨어날 수 있음을 경고했으니까.

하지만 실제로 닥쳐오니 충격이 너무 컸다.

"…괜찮나?"

망연자실해 있던 아젤은 옆에서 조심스레 물어오는 목소리에 정신이 들었다.

릭이 걱정스러운 얼굴로 그를 바라보고 있었다. 아젤이 대답했다.

"아, 괜찮아."

"왜 그러지? 날짜하고 관련해서 뭔가 기억이라도 났나?"

"조금은."

"뭐가 기억난 거지?"

"아무래도 난… 몇 년 동안의 기억을 잃은 것 같아."

아젤은 그렇게 거짓말을 했다.

릭이 놀라서 물었다.

"몇 년?"

"정확하지는 않아. 하지만 내가 기억하고 있는 마지막 날짜는 218년이었어."

즉 자신의 기억에는 4년의 공백이 있다. 아젤은 그렇게 말하고 있었다.

확실히 충격 받을 만한 일이다. 릭이 물었다.

"아젤 당신은 몇 살이지?"

"잘 모르겠어. 서른은 안 된 것 같은데……."

"그래?"

릭이 깜짝 놀랐다. 아젤이 눈살을 찌푸리며 물었다.

"왜 반응이 그래?"

"아니, 뭐랄까. 나이가 많지 않을까 싶었거든. 지금 모습을 보면 나이를 종잡을 수가 없어서."

"음. 그건 그렇지."

아젤이 쓴웃음을 지었다.

그렇게 릭과 대화를 나누던 아젤은 곧 그가 자러 가서 자신도 침상에 누웠다. 하지만 몸은 수면을 요구하고 있는데도 혼란과 충격 때문에 한참 동안이나 뜬눈으로 밤을 지새워야 했다.

'칼로스······.'

이제 다시는 만날 수 없는 친구가 보고 싶었다.

5

다음 날 아침, 아젤은 자기를 부르러 온 병사들을 따라서 자일에게 찾아갔다.

아침인데도 자일은 전혀 흐트러지지 않은 모습이었다. 외모는 곱상하지만 항상 절도 있게 행동하기 위해 노력하는 것 같았다.

자일이 물었다.

"식사는 했나?"

"덕분에."

릭의 허가를 받은 아젤은 아침에는 정상적인 식사를 할 수 있었다. 릭은 병사가 가져다준 식사를 아젤이 아무 문제 없이 뚝딱 해치우는 것을 보고는 놀라워했다.

자일이 말했다.

"어제보다는 훨씬 나아 보이는군."

"그렇지요?"

여전히 비쩍 말라서 무서워 보이기는 해도 어제보다는 훨씬 사람 같은 용모였다.

자일이 말했다.

"릭 군의관에게 대략적인 이야기는 들었다. 기억이 불분명하다고 하던데……."

"그래요. 거짓말처럼 들리겠지만 내가 왜 거기에 있었는지 기억이 안 나는군요. 나 자신이 누구인지조차도 잘 모르겠고……."

아젤은 릭에게 했던 것과 달리 존대를 해주었다. 릭에게 자일이 정식으로 기사 서임을 받은 귀족이라는 사실을 들었기 때문이다. 자신의 본래 신분을 알릴 수 없는 상황이니 귀족에 대한 예의는 지킬 필요가 있었다.

자일이 말했다.

"솔직히 믿기 힘들군. 하지만 당신을 보면 그럴 수도 있겠다 싶다는 게 문제야."

처음 발견되었을 당시 아젤의 몰골은 그만큼 심각했다. 지금도 충분히 심각한 편이고. 인간이 그런 몰골이 되려면, 그것도 목숨이 붙어 있으려면 사악한 마법 실험쯤은 당했어야 할 것 같았다.

자일이 말했다.

"적어도 타국의 첩자로는 보이지 않으니, 내가 판단하기로는 당신을 그냥 풀어줘도 된다고 본다. 하지만……."

"하지만?"

"그건 내 선에서 결정할 수 있는 문제는 아니다. 부대장님께 보고하고 허가를 받아야 해."

백부장인 그의 선에서 처리하기에는 사안이 좀 민감했다. 아젤이 말했다.

"음. 지금 부대장을 만나서 이야길 하면 됩니까?"

"유감스럽게도 당장은 불가능하다."

"어째서지요?"

"우리는 요새에서 유적 발굴을 위해 나와 있는 상태다. 그리고 부대장님께서는 중요한 분을 영접하기 위해 요새로 돌아가신 상태지. 앞으로 며칠 후에나 이곳으로 돌아오실 것이다."

"그럼 그때까지 기다려야 합니까?"

"부대장님이 허가하실 때까지는 우리 야영지를 떠나지 않고 대기해 줘야겠다. 구속하지는 않겠지만 되도록 여기저기 돌아다니지는 않았으면 좋겠군. 당신 입장에서도 나쁘지 않은 조치일 것이다."

아젤은 자유롭게 돌아다닐 만한 건강 상태가 아니다. 그러니 이곳에서 보살핌을 받으면서 대기하는 편이 나을 거라고 자일은 말하고 있는 것이다.

그의 배려를 알아챈 아젤이 고개를 끄덕였다.

"그렇게 하지요."

"그럼 돌아가 보도록. 대기하는 동안은 의무반 막사에서 지내도 좋다."

"알겠습니다. 아, 그런데 한 가지 물어봐도 되겠습니까?"

문득 생각났다는 듯 아젤이 묻자 자일이 대꾸했다.

"뭔가?"

"자일 백부장, 당신은 생명의 고리가 네 개나 되잖아요? 그 나이에 쿼드로플 마스터씩이나 되는 기사가 어째서 정규군에서, 그것도 이런 변방에서 백부장을 하고 있지요?"

전혀 예상치 못한 지적에 자일의 표정이 눈에 띄게 굳어졌다. 동시에 그에게서 위협적인 기운이 뿜어져 나왔다.

"어떻게 알았지?"

스피릿 오더 수련자들은 생명의 고리가 네 개가 되는 시점부터 '마스터'의 칭호를 받게 된다. 그리고 달인의 경지에 오른 자가 발하는 공격적인 기운은 능히 일반인을 까무러치게 만들 수준이었다.

하지만 아젤은 그 기운을 받고도 전혀 움츠러드는 기색이 없었다. 그저 어깨를 으쓱하면서 대꾸할 뿐.

"그냥 보여서 물어본 것뿐입니다. 저도 제가 어떻게 알아볼 수 있는지까지는 모르겠군요."

물론 거짓말이었다. 아젤은 과거에 자일보다 훨씬 높은 경지에 올랐던 스피릿 오더 수련자다. 마력감지 능력도, 상대방의 전력을 꿰뚫어 보는 안목도 탁월하기에 한눈에 자일의 힘을 알아본 것이다.

굳이 자일을 자극하는 질문을 던진 것은 지금 시대에 대한 정보를 얻고 싶어서다. 220년 전에는 쿼드로플 마스터라면 누구나 훌륭한 전력으로 인정할 만한 실력자였다. 하지만 지금 이 시대에는 어떨까?

잠시 아젤을 노려보던 자일이 공격적인 기운을 거두었다.

"…릭 군의관이 당신이 스피릿 오더 수련자라고 한 건 사실이었군."

"그건 맞습니다."

"어렴풋이 느끼고는 있었지. 당신은 생명의 고리도 없고, 영맥에 흐르는 마력도 없지만… 왠지 무시할 수 없는 느낌이 들었다."

아젤만큼은 아니지만 쿼드로플 마스터인 자일 역시 영감이 발달해서 상대방의 힘을 파악하는 안목이 상당하다. 그는 아젤을 보는 순간, 왠지 무시할 수 없다는 느낌을 받았다.

자일이 말했다.

"어쨌든 그 질문에는 대답하지 않겠다. 대답할 이유가 없으니까."

"민감한 주제였다면 사과드리지요."

"괜찮다. 물러가도록."

아젤은 고개를 끄덕이고는 몸을 돌려서 자일의 막사를 나섰다.

6

발란 숲의 유적 발굴 현장에서 일하는 이들의 식사를 책임지는 취사반장은 어이없는 일을 보고 있었다.

그것은 한 사람이 보여준 변화였다. 군의관인 릭 보르엔과 함께 취사장에 식사를 하러 온 그를 처음 봤을 때는 놀랐다. 너무 비쩍 말라서 마치 움직이는 시체 같아 보였기 때문이다.

그런 모습으로 엄청난 양을 먹어대는 것이 취사반장을 놀라게 했다. 지금까지 그가 먹은 것은 대략 5인분에 물 2리터 정도였다. 군대는 혈기왕성한 대식가들이 넘쳐 나는 곳이다 보니 그 정도 먹는 녀석들도 꽤 있었지만, 시체처럼 비쩍 마른 남자가 그만큼 먹는 것은 전혀 다른 문제 아닌가.

하지만 진정 어이없는 것은 그의 변화였다.

그는 점심을 취사장에서 해결하고 저녁도 취사장에서 해결하러 왔다.

그런데 저녁 때는 과연 그가 점심 때 왔던 그가 맞는지 의심스러워졌다. 아무리 봐도 의심이 모락모락 피어오르지만 외견상의 특징은 분명 일치한다. 예를 들면 긴 붉은 머리칼과 푸른 눈동자를 가졌다는 점은.

하지만 시체처럼 비쩍 말랐던 인간이 갑자기 확 살이 오른 것을 어떻게 해석해야 할까? 인간이 몇 시간 만에 저렇게 극적으로 변할 수도 있나?

'혹시 마법인가?'

그렇게밖에 생각할 수 없을 정도로 그 손님, 아젤 제스트링어의 변화는 급격했다.

"아, 워낙 굶어서 그런가? 뭘 먹어도 꿀맛이네. 간이 좀 세기는 하지만."

"엄청나게 잘 먹는군. 진짜 괜찮은 거야?"

그의 변화에는 맞은편에 앉은 릭도 경악하고 있었다.

점심을 잔뜩 먹는가 싶더니 잠깐 쉬고 싶다고 몇 시간 동안 수면, 그 후에는 정말 극적인 변화를 보이는 바람에 잠시 동안 못 알아봤을 지경이다. 갑자기 살이 확 올라서 지금은 훨씬 사람다운 모습이 되었다.

사실 점심 때 릭은 아젤이 1인분 이상 먹는 것을 말리려고 했다. 1인분을 먹어도 괜찮다는 것은 확인했지만, 그래도 그 이상 많이 먹는 것은 좋지 않다고 판단했다. 하지만 아젤은 고집을 부려 결국 3인분이나 먹어치움으로써 릭을 질리게 했고 급속도로 사람다운 모습을 되찾았다.

그리고 지금, 저녁식사 때는 모두의 시선을 받아가면서 계속해서 먹어 대고 있었다.

"괜찮아. 몸이 이 정도 양을 요구하니까 먹는 거지. 사실은 더 먹어야 하는데 갑자기 위장을 혹사시키면 탈이 나니까 적당히 먹는 거야."

'이게 적당히 먹는 거라고?

릭은 기가 막혔다. 아젤은 이번에는 벌써 6인분을 먹어 치우고 있었다. 게다가 물을 벌써 3리터 이상 마셨다.

"물을 그렇게 마시면 오히려 배탈이 나잖아?"

"보통은 그렇지."

"그런데 왜 그렇게 마시는 거야?"

"내가 먹는 양이 양이니만큼 소화를 위해서도 많이 마셔 줘야 하고, 몸에 수분을 보충해 줘야 하니까. 릭, 당신은 사람 몸의 대부분이 수분으로 이루어져 있다는 건 알고 있어? 난 몸이 극도로 부실해졌기 때문에 많이 먹고 마셔서 일단 몸을 원래 상태로 돌려놓을 필요가 있는 거야."

"…언뜻 말이 되는 것 같지만 사실은 하나도 말이 안 되는 소릴 하고 있군. 튼튼한 사람도 그렇게 먹으면 멀쩡할 수 없어. 몸이 약해진 주제에 그렇게 먹고 마셔 대다가는 죽을 수도……."

"난 괜찮아. 실제로 괜찮잖아?"

"……."

아, 그러세요? 릭의 입가가 실룩거렸다. 의료 협회의 교육을 수료한 치유술사로서 한소리 해주고 싶었지만, 아젤이 보여주는 비상식적인 변화에 압도당해서 그럴 수가 없었다.

"그건 그렇다고 쳐도 이렇게 급격하게 변하는 게 말이 되는 거야? 아까 잔뜩 먹고 몇 시간 잤을 뿐인데?"

"나 정도로 부실해지면 말이 되지 않을까? 뭐 사람마다 가진 소화 능력이 다르기도 하잖아?"

"아무리 그래도 그렇지, 세상에 이런 소화 능력을 가진 인간이 어디 있어? 네가 무슨 마계에서 올라온 끝없는 굶주림의 마수냐?"

"에이. 원래 사람이 못 먹어서 마르고 쇠약해졌을 때 잘 먹으면 사나흘 정도면 사람답게 돌아가잖아? 내 경우도 그와 비슷한데 먹는 양이 많고 몸이 변하는 속도가 조금 다른 것뿐이야."

"아무리 생각해도 말이 안 되는데……."

"아, 진짜. 난 괜찮다니까."

"……."

"이미 일어난 일 놓고 있을 수 없는 일이니 말이 안 되느니 하는 거 그만둬. 현실에 일어난 현상이면 그걸 받아들이고 해석해야지, 무조건 상식에 빗대서 부정하면 어떻게 돌발 상황에 대처할 수 있겠어?"

아젤은 그렇게 말하고는 나물무침을 맛있게 오물거렸다. 그는 식판 위의 음식을 싹싹 비운 다음 그걸 들고 일어났다.

"다 먹은 거냐?"

"아니, 1인분만 더 먹게. 6인분이라니 좀 재수 없잖아. 마법사들이나 좋아할 것 같은 숫자니까 7인분 먹어야지."

"……."

"취사반장 아저씨 솜씨 좋네. 맛있다."

자일이 황당해하건 말건 아젤은 음식을 새로 푸면서 취사반장을 칭찬하고 있었다. 십부장 하나가 다가와서 물었다.

"저 인간 도대체 뭡니까?"

"자일 경이 손님 대접하래. 다들 전해 듣지 않았냐?"

"듣긴 들었는데……."

"사악한 마법사에게 잡혀간 식탐 괴물이었던 거야. 틀림없어."

"네?"

"그냥 그렇게만 알아."

릭은 아젤이 콧노래를 부르며 다시 오는 것을 보면서 십부장을 밀어냈다.

7

루레인 왕국 서부 국경수비대의 백부장 자일 빈스는 아젤 제스트링어라는 정체불명의 남자에게 깊은 흥미를 느끼고 있었다. 처음 발견했을 때의 상황도 상황이지만, 생명의 고리조차 없는 주제에 자신이 감추고 있는 기량을 한눈에 꿰뚫어 보았으니 그럴 수밖에 없지 않은가.

'어떻게 그럴 수가 있을까?'

아젤을 내보낸 후 죽 생각해 봤지만 풀리지 않는 의문이었다.

일신상의 사정으로 이름 있는 기사단에 들어가지 못하고 군에 입대, 이런 오지로 배속되는 동안 자일의 진정한 실력을 알아본 이는 많지 않았다. 대부분은 자세히 알지도 못하면서 자일이 가문의 힘으로 기사 서임을 받아 백부장 직함을 딴 애송이일 거라고 생각했다.

그것은 마물들과의 싸움으로 단련된 이곳의 기사들도 마찬가지였다. 그만큼 자일은 스스로의 진짜 실력을 잘 감추고 있었다.

그런데 아젤은 한눈에 그의 바닥까지 꿰뚫어 본 것이다.

'뭐하는 자일까?'

아젤이 한 말을 곧이곧대로 믿지는 않는다. 다만 의심하자니 그가 발견되었을 당시의 상태가 너무 심각해서 그럴싸하다는 생각이 들 뿐.

'이상한 자야.'

죽지 않고 살아 있다는 게 신기한 몰골도 그랬지만, 잘 보면 그 외에도 이상한 구석이 한둘이 아니다. 말투만 봐도 이상하다. 먼 나라 사람이라도 되는 것처럼 억양이 좀 이질적인 구석이 있고 종종 굉장히 예스러운 어휘가 튀어나온다. 그리고 종종 이쪽의 말을 잘 알아듣지 못하는 듯 묘하게 반응이 느린 때도 있다.

'귀가 잘 안 들리는 건 아닌 것 같았는데.'

어쨌든 그가 스피릿 오더 수련자라는 것은 확실하다. 겉보기로는 믿을 수 없지만, 어쩌면 상당히 높은 경지에 오른 실력자일지도 모른다.

자일이 부관에게 물었다.

"그는 어떻게 하고 있나?"

"별다른 행동은 하지 않는 것 같습니다. 밥 먹고 쉬고 있는 것 같더군요. 하지만 놀라운 일이 있습니다."

"뭐지?"

"그가 점심과 저녁을 먹는 것만으로도 갑자기 확 변했다고 합니다. 그렇게 비쩍 말랐었는데 지금은 조금 마른 정도로밖에 안 보인다는군요."

"뭐라고? 정말인가?"

"예. 다들 수상한 마법이 아니냐며 수군거리고 있습니다."

"궁금하군. 만나러 가봐야겠어."

"저도 같이 갈까요?"

"아니, 혼자 가겠다."

자일은 그렇게 말하고는 집무실을 나와서 아젤이 머물고 있는 의무대 막사로 향했다.

"릭 군의관, 백부장 자일이다. 들어가도 되겠나?"

"들어오시지요."

릭의 대답을 들은 자일이 막사 안으로 들어갔다. 하지만 예상했던 것과 달리 릭은 그를 맞이하는 대신 엉뚱한 곳에 정신이 팔려 있었다.

그의 시선을 따라가 본 자일은 자신도 모르게 눈을 크게 뜨고 말았다.

그곳에는 웃통을 벗은 채 거꾸로 물구나무 선 채 오른손가락 하나로, 그것도 밑에는 작고 둥그스름한 돌 세 개를 쌓아놓고 그 위에 손가락을 올려놓은 상태로 팔굽혀펴기를 하고 있는 아젤의 모습이 있었다.

몇 시간 사이에 믿을 수 없을 정도로 부풀어 오른 그 몸에는 근육이 별로 보이지 않았다. 하긴 그 정도로 말랐으면 근육 조직 대부분이 죽어버렸을 것이다.

그런 몸으로 하고 있는 짓이 상당히 놀랍다. 어느 정도 경지에 오른 스피릿 오더 수련자라면 초인적인 완력과 균형 감각이 있기 때문에 손가락 하나로 물구나무서기를 하거나 그 상태에서 팔굽혀펴기를 하는 것까지는 그리 놀랄 일은 아니다. 하지만 작고 둥근, 즉 균형이 살짝 어긋나기만 해도 미끄러질 돌 세 개를 쌓아놓고 그 위에서 그런 짓을 하는 것은 미처 생각 못한 방법이었다.

'나도 해봐야겠군.'

아젤은 자일이 들어오자 팔굽혀펴기를 멈추더니 몸을 지탱하던 손가락을 가볍게 튕겼다. 그러자 세 개의 돌이 서로 다른 방향으로 흩어지며 그의 몸이 가볍게 떠올랐다가 빙글 돌아 착지했다.

"웃차. 자일 백부장… 아니, 자일 경이라고 불러야 할까요?"

그렇게 말하는 아젤을 본 자일은 또다시 놀랐다. 아침에 봤을 때와는 완전히 달라지지 않았는가? 목소리까지 달라져 있었기에 타는 듯한 붉은 머리칼과 푸른 눈이라는 신체적 특징이 일치하지 않았다면 동일인물이라고 생각하지 못했을 것이다.

자일이 동요를 감추며 말했다.

"마음대로 불러도 된다. 당신은 내 부하도 아니니."

"그럼 자일 경이라고 부르죠. 그쪽이 짧으니까."

"그러도록. 그건 그렇고 재미있는 훈련을 하는군."

"예전에 이렇게 훈련했던 기억이 나서 해봤습니다. 몸 상태가 엉망이라 이것도 힘들군요."

아젤은 자신의 몸을 불만스럽게 바라보며 투덜거렸다.

"그런데 몇 시간 내에 어떻게 그렇게 몸이 회복된 건가?"

"그야 많이 먹고 많이 마셨으니까 그렇지요. 원래 몸이 필요로 하는 것을 섭취해 주면 금방 몸이 회복되는 것 같군요."

"그것만으론 납득하기 어렵군. 쇠약해진 사람은 한꺼번에 많은 음식을 받아들이지 못하지. 천천히 조금씩 먹어서 몸 상태를 회복시켜 나가지 않나?"

"물론 그럴 만한 소화 능력이 있어야 하고 몸 상태를 제어할 수 있어야 하는 건 당연하지요. 자일 경 당신도 저만큼 극한 상황에 몰려본 적이 없어서 그렇지, 하려면 할 수 있지 않을까요? 기본적으로 스피릿 오더 수련자는 심장이 고동치는 리듬을 제어하는 법도 배우니까 그걸로 혈액 순환을 제어하거나 수면 상태를 조정하는 정도는 할 수 있잖습니까?"

스피릿 오더는 심장의 고동을 힘의 근원으로 삼는다. 심장이 고동칠 때마다 그 진동을 생명의 고리와 공명시켜 마력을 움직인다.

그렇기에 스피릿 오더를 터득한 자라면 심장의 고동을 조작할 수 있는 기술을 가졌다. 원한다면 가만히 서 있는 상태에서 미친 듯이 심장을 빠르게 뛰게 할 수 있고, 잠자듯이 서서히 뛰게 할 수도 있다.

자일이 흥미로워하면서 물었다.

"그 기술의 연장선에서 육체를 그만큼 조작할 수 있다는 건가?"

"당연하지요. 심장의 고동을 조작할 수 있다는 건 인체의 모든 것을 조작할 수 있다는 소리니까. 쿼드로플 마스터인 당신이라면 당연히 일반인은 할 수 없는 방식으로도 자기 육체를 제어할 수 있어야 하지 않을까요?"

"맞는 말이군."

자일은 고개를 끄덕였다.

그렇지만 납득한 것과는 별개로 역시 아젤의 변화는 경이로웠다. 인간이 이토록 급격하게 변할 수 있다니, 아무리 스피릿 오더 수련자라고는 하지만 이건 정말 경이롭지 않은가?

오랜만에 가슴이 두근거린다. 자일은 아젤의 눈을 똑바로 들여다보며 말했다.

"흠. 아젤 제스트링어, 나와 대련해 주지 않겠나?"

뒤쪽에서 숨을 삼키는 소리가 났다. 분명 릭의 안색이 굳었으리라.

'오늘 아침에만 해도 다 죽어가던 인간을 상대로 기사가 대련을 신청하다니 제정신이야?'

그렇게 생각했기 때문이었다. 치유술사 입장에서는 도저히 용서할 수 없는 짓이다.

하지만 아젤은 씩 웃었다.

"그거 좋지요. 저도 다른 스피릿 오더 수련자를 상대하면 기억을 회복하는 데 도움이 될 것 같으니까. 그런데 제 상태가 영 엉망이라 제대로 된 대련 상대는 못 되어드릴 것 같습니다만?"

자신이 활약하던 시대로부터 220년이 지난 지금, 기사들이 어떻게 변했는지 궁금하다. 스피릿 오더와 검술은 어떤 식으로 발전했을까? 그리고 이 시대 기사들의 수준은 어느 정도나 될까?

그러니 아젤 입장에서는 자일의 대련 신청은 쌍수를 들고 환영할 일이었다.

자일이 말했다.

"물론 나도 막 병상에서 일어난 사람을 상대로 격렬한 대련을 요구할 생각은 없다. 몸을 쓰기보다는 스피릿 오더 수련자로서 서로 적당히 기술을 겨뤄보는 정도의 대련이면 괜찮지 않겠나?"

"자일 경의 뜻이 그렇다면야."

대련이라고 서로 검을 부딪쳐 가면서 싸우는 방식만 있는 게 아니다. 스피릿 오더에는 다양한 대련 방식이 존재했다.

자일이 말했다.

"그럼 내일 점심 식사 후에 보도록 하지."

그가 막사에서 나가자 릭이 찌푸린 얼굴로 아젤에게 물었다.

"정말 자일 경하고 대련하려고?"

"응. 이제 몸도 잘 움직이니까 문제없잖아?"

"자일 경은 나이는 어리지만 실력은 보통이 아니야. 다들 잘 모르지만 진짜 장난이 아니라고. 충고하는데 웬만하면……."

"알고 있어. 그래서 서로 다치지 않는 방식으로 대련할 거니까 걱정 그만해."

"거 참. 환자 주제에 치유술사 앞에서 되게 당당하구만."

"아직도 내가 환자로 보여?"

아젤이 양팔을 모아서 근육을 불끈거리는 포즈를 취했다. 하지만 완전히 물살이라서 조금도 불끈거리지 않았다.

"……."

릭이 빤히 바라보자 민망해진 아젤이 슬그머니 시선을 피했다.

"쳇. 며칠만 기다려 봐. 그럼 근사한 복근을 보여줄 수 있다고!"

"근육이 그렇게 키우기 쉬웠으면 세상에 근육질 아닌 남자가 없겠지."

릭이 코웃음을 쳤다. 아젤이 맞받아쳤다.

"다른 사람이 이렇게 하루 만에 살을 찌울 수 있을 것 같아?"

"그야… 없겠지."

"하지만 난 했지. 고로 며칠이면 근육도 키울 수 있다."

"……."

근거 없는 자신감 넘치는 아젤의 태도에 릭은 말문이 막혀 버리고 말았다.

아젤은 의기양양하게 웃으면서 물었다.

"그런데 자일 경은 몇 살이야?"

"올해로 열아홉 살일걸?"

"그거밖에 안 됐어? 아, 그만큼 어려 보이긴 하지만."

"우리 부대에 온 지 아직 반년도 채 안 됐지. 그래도 다들 실력은 인정해."

그사이 자일은 백부장임에도 부대의 일을 배우기 위해서 발란 숲 정찰에 참여하는 등, 성실한 모습을 보였다고 한다. 그리고 마물들과 조우했을 때는 함께 행동하던 병사들이 감탄할 정도로 뛰어난 실력을 입증했다.

처음에는 애송이 기사가 상관이 되었다는 사실을 다들 달가워하지 않았다. 하지만 이제는 다들 그를 인정하고 따른다는 것이다.

릭이 말했다.

"우리 부대는 마물들과 충돌하는 일이 잦아서 실력 위주거든. 실력도 있고 성실하기까지 하니 금방 인정받았지."

"그렇군. 열아홉 살에 저 정도면 상당한데. 다른 기사들하고 비교하면 실력이 어때?"

"그건 잘 모르겠어. 중간쯤은 되는 것 같던데. 우리 부대에서 백부장 노릇할 정도의 기사면 다들 보통이 아니야."

항시 마물의 위협과 마주해야 하는 부대니 당연할 것이다. 하지만 아젤은 살짝 눈살을 찌푸렸다.

'다른 기사들도 보고 싶은데… 저 나이에 쿼드로플 마스터면 상당한 거긴 하지만 이 시대의 평가 기준을 알 수가 없으니.'

아젤의 시대에는 쿼드로플 마스터가 드물지 않았다.

용마왕 아테인과 그의 군세는 인류의 존망을 위협하는 재앙이었고 그 앞에서 인간들은 필사적으로 발버둥 쳐야 했다. 매일 수많은 전사가 죽어 나갔고 강한 자들만이 살아남았다.

전력이 부족했기에 극도로 아끼던 비술들도 많이 공유되었다. 재능 있다 싶은 인재가 보이면 아낌없이 비술을 전수했기에 용마전쟁 이전에 비해 기사들의 수준이 훨씬 높아졌다.

그러나 그때도 열아홉 살에 쿼드로플 마스터의 경지를 넘은 자는 드물었다. 아젤이 기억하는 한 열 명도 되지 않을 것이다.

'한 살만 더해도 그 두 배로 늘어나긴 하지만.'

하지만 그 1년의 간극은 정말 큰 것이다.

'흠. 뭐 천천히 알아보는 수밖에.'

잠시 생각하던 아젤은 일단 의문을 접어두고 다시 운동을 재개했다. 이번에는 반대쪽 팔로, 역시 돌 세 개를 쌓아놓고 그 위에서 손가락 하나로 물구나무서기를 한 채 팔굽혀펴기를 한다.

그 모습을 보면서 릭이 기가 차서 중얼거렸다.

"거 참. 하는 짓을 보면 대단하긴 대단한데… 왜 이렇게 이상한 놈이라는 생각만 들지?"

아젤은 그 말을 듣고도 웃기만 했을 뿐, 별말 없이 운동에만 전념했다.

魔展
龍劍

1

발란 숲은 인간이 거주하는 땅이 아니었다. 지도상으로는 루레인 왕국의 영토지만, 실제로 이곳에 거주하는 것은 인간이 아니라 인간을 위협하는 마물들이다.

그렇기에 루레인 왕국의 서부 국경수비대는 인간을 상대하기 위한 군대가 아니다. 발란 숲에 있는 마물들의 움직임을 감시하고, 그들의 위협으로부터 왕국의 영토를 보호하는 것을 목적으로 했다.

그런데 그 숲 한복판에 한 무리의 인간이 있었다. 서부 국경수비대가 아닌, 수상한 검은 옷을 걸친 인간들이었다.

"요새로 오고 있는 것은 아리에타 공주라는군."

"용마왕자가 아니라 용마공주인가?"

"어느 쪽이든 별로 상관없지 않나?"

"아니, 용마공주의 힘이 소문대로라면 이 인원으로는 버거울 수도 있다."

그들은 수상한 대화를 주고받고 있었다. 마물들이 지배하는 땅 한복판에 모여 있으면서도 불안해하는 기색 따윈 전혀 없다.

"용마왕자가 데뷔한 지 얼마 안 되었으니 공적을 몰아줄 때라고 생각했는데 이 먼 곳까지 용마공주를 보내다니."

"머나먼 서부 변경에서 일어나는 일보다는 당장 사람들에게 어필하기 쉬운 일에 용마왕자를 투입하는 편이 낫다는 계산일지도 모르지."

"흠. 다행히 용마공주를 수행하는 인원이 그렇게 많진 않다고 한다."

"그럼 어떻게든 되겠군. 용마공주가 강력하다고 하나 아직은 어린 소녀에 불과하니."

문득 그들 중 하나가 말했다.

"그런데 그 유적은 정말 저주받을 칼로스의 유적인가?"

칼로스.

그것은 아젤의 친구였으며, 역사상에는 희대의 대마법사로 기록된 영웅의 이름이었다.

칼로스의 마법은 당시의 평균을 아득히 초월했다는 평가

를 받았다. 심지어 그가 죽은 지 150여 년이 지난 지금까지도 그가 남긴 것들이 지닌 엄청난 가치를 인정받고 있을 정도였다.

루레인 왕국 서부 국경수비대가 발란 숲에서 발견한 유적은 칼로스가 남긴 유적이라고 추측되고 있었다. 그러한 보고를 받은 왕실은 놀라서 용마공주라 불리는 아리에타 바일 루레인과 다수의 마법사를 파견했다.

"그건 아직 확신할 수 없다. 그렇게 추정하고 있는 것뿐이지."

"하긴 이런 곳에 제대로 된 마법사가 있진 않을 테니 지레짐작하고 설레발을 쳤을 가능성도 높겠어."

"만약 칼로스의 유적이라면 우리도 가만히 있을 수 없지. 하지만 지금부터 마찰을 일으킬 필요는 없으니 일단은 관망한다. 미리 말해두는데 용마공주가 도착할 때까지는 경거망동하지 말도록."

"물론이다. 괜히 경각심을 심어줘선 곤란하니까."

2

그는 결코 빨리 움직이지 않는다. 아주 천천히, 느릿느릿하게 움직이고 있었다. 한 걸음, 한 걸음을 아주 신중하게, 지루할 정도로 느리게 내디디면서 하품이 나올 정도로 천천히 허공에 주먹을 내지르고 발차기를 날린다. 그러면서도 균형을 유지하는 게 신기할 따름이었다.

더 신기한 것은 그러면서도 그가 전신에서 땀을 비오는 듯이 흘리고 있다는 점이다. 세상에서 가장 열심히 움직인 사람처럼.

아무것도 걸치지 않은 상반신에서 아직 각이 잡히지 않은 미세한 근육들이 꿈틀거리며 그의 육신을 힘겹게 움직이고 있다. 보고 있노라면 근육들이 지르는 비명 소리가 들려오는 듯하다.

"후우."

얼마나 그러고 있었을까?

문득 그가 한숨을 쉬며 자세를 풀었다. 그는 옆에 놓아두었던 수건을 집어서 몸을 닦으며 중얼거렸다.

"아, 힘들다. 몸이 엉망이라 이 짓도 죽을 맛이군."

"신기한 훈련을 하는구먼."

아젤이 훈련하는 것을 보고 있던 릭은 이해할 수 없다는 듯 감상을 내뱉었다. 아젤이 그를 보며 물었다.

"신기해?"

"그래."

"어디가? 어떻게?"

"그렇게 천천히 움직여서 운동이 되나? 게다가 그렇게 움직이고 그렇게 땀을 흘리다니 이해가 안 가."

"여기 기사들은 속련(速鍊)만 하고 만련(慢鍊)은 안 하나?"

"만련?"

"그러니까… 속련과 만련을 반복함으로써 기술의 균형을 잡는 거지. 속련은 일반적으로 하는 빠른 움직임의 훈련이고, 만련은 그 반대로 아주 느리게 훈련함으로써 신체가 힘에 휘둘리는 것을 막고 어긋난 자세를 바로잡는 역할을 해."

"그런 훈련 방법은 못 들어 봤어. 뭐 내가 기사가 아니라서 모르는 것일 수도 있지만, 별로 정상적인 훈련법 같지는 않은 데?"

"으음. 하긴 군인들이 사용할 만한 방법은 아니긴 하군. 뭐 그건 그렇다 치고 내가 땀을 흘린 이유가 궁금하다 이거지?"

아젤은 그렇게 물으며 릭에게 다가왔다. 릭은 왠지 모를 위험한 예감이 몸을 움츠리며 주춤주춤 뒤로 물러났지만 아젤은 수상한 미소를 지으며 그의 어깨를 잡고 있었다.

"직접 느껴봐."

쿠쿵!

순간 육중한 소리가 울려 퍼졌다.

아니, 그렇게 생각한 것은 릭의 착각이었다. 실제로는 아무런 소리도 발생하지 않았다. 다만 온몸을 내리누르는 압력이 발생하며 몸속에서 일어난 파동을 소리로 착각한 것뿐이다.

"컥!"

릭은 신음을 흘리며 무릎을 꿇었다.

몸이 납덩이처럼 무거웠다. 아니, 그런 수준을 넘어서 어떤 힘이 그의 육체를 잡고 찌부러뜨리려고 하는 것 같았다. 그것도 몸속에서! 그 힘 때문에 그는 일어나기는커녕 손가락 움직이는 것조차 어려웠다.

아젤이 그를 내려다보며 물었다.

"왜 땀 흘렸는지 알겠지?"

"이, 이게 무슨……."

"내 특제 훈련법. 그 상태에서 움직여 봐. 정말 단련 많이 될 거야."

"으, 으그그그극……."

"참고로 내가 지금 주입한 기운 정도면 한 30초 정도 그 상태가 지속되는 정도로 끝나. 그냥 자빠져 있어도 눌려서 숨쉬기 힘들 테니 차라리 이를 악물고 조금씩이라도 움직여서 그 힘을 상쇄시켜 보려고 하는 편이 나을걸."

아젤은 친절하게 말해 주고는 웃옷을 걸치고 침대에 걸터앉았다.

"크, 크윽……."

그 말에 릭은 몸을 부들부들 떨며 움직이려고 안간힘을 쓰기 시작했다. 팔다리에 힘을 주어서 조금씩 움직이는 데 성공하자 과연 내장이 받는 압박감이 약간이나마 줄어드는 게 느껴졌다.

'이런 상태로 한 시간이나 흔들림 없이 체술 훈련을 했다

니, 이 자식은 괴물이냐!'

릭은 엎드린 상태로 기어가는 것도 힘들어 죽겠는데 아젤은 한 시간 동안이나 체술 훈련, 자기 말로는 만련이라고 하는 방식의 훈련을 했다. 아직 생명의 고리가 하나도 없는 스피릿 오더 수련자인 주제에 이 무슨 초인적인 능력이란 말인가?

그때 마치 그 마음을 읽기라도 한 것처럼 아젤이 말했다.

"후훗. 뭘 그 정도로 그래? 그건 내가 죽 유지하고 있는 수준의 압박감이고 중간중간 필요한 구간에 훨씬 더 강하게 적용한다고. 그 수준의 부하를 당신에게 그대로 걸면 몸이 작살날걸."

'이, 이미 충분히 작살날 것 같은데?'

릭은 말조차 제대로 할 수 없어서 눈길로만 항의의 뜻을 표했다. 하지만 아젤은 즐거워하면서 릭이 버둥거리는 걸 구경했다.

'이 마귀 같은 자식.'

그리고 릭에게는 영원처럼 길게 느껴지는 30초가 지나고 나자 그의 몸을 짓누르던 압박감이 서서히 사라지기 시작했다. 어느 순간 릭은 갑자기 몸이 확 가벼워지는 것을 느끼며 고개를 땅에 박고 신음했다.

"으으으으으……."

"어때? 할 만해?"

"주, 죽겠다."

"아무리 군의관이라도 그렇지, 어쨌거나 군인인데 너무 허약한 거 아냐? 평소에 단련을 좀 하지?"

"젠장. 나도 기본적인 훈련 정도는 받는다고."

"근데 고작 그걸 못 견뎌서 그래?"

"이이이익!"

릭이 이를 갈며 몸을 일으켰다. 그가 아젤을 노려보며 말했다.

"그 부실한 몸으로 이런 부하를 어떻게 견디는 거지?"

"물론 몸으로만 버티는 게 아니라 마력도 동원하는 거지. 근력과 스피릿 오더로 통제하는 마력의 균형을 잡는 훈련도 병행하는 거야. 어쨌든 이걸로 단기간에 전신 구석구석의 근육을 다 키울 수 있다고."

일반인은 통제하지 못하는 신체기관도 통제할 수 있는 스피릿 오더 수련자는, 하고자 하면 일반인은 전혀 상상도 못한 방법으로 몸을 단련하는 것도 가능하다. 아젤이 쓰는 훈련법도 그런 것이다.

그렇게 한차례 몸을 단련한 아젤은 잠시 책상다리를 하고 앉아서 명상에 잠겼다. 그리고 빛을 발할 정도로 밀도 높은 마력 응집체를 형성한 다음 그것을 양손으로 받쳐 들고 입으로 마셨다.

'흠!'

그새 전신의 영맥이 다 활성화되었다. 그 안에 흐르는 기운은 미약하지만 막힘이 없이 순환하고 있었다.

'그래도 영맥을 처음부터 다 뚫진 않아도 되니 다행이군.'

본래 인간의 영맥은 혈관과 달리 활성화되어 있지 않고 막혀 있다. 스피릿 오더를 수련하는 과정에서 영맥을 활성화시키고 막힌 것을 뚫어서 마력이 순환하는 통로로 만든다.

전신의 영맥을 다 쓸모 있게 만들려면 많은 시간이 걸린다. 그것이 스피릿 오더에서 가장 중요한 작업 중 하나이기 때문이다. 하지만 다행히 아젤의 영맥은 기능이 극도로 저하되었을 뿐, 다시 막히지는 않았다.

'생명의 고리도 일단 하나 만들었고.'

그리고 심장 끄트머리의 혈관을 마력이 뭉쳐서 이루어진 작은 고리가 두르고 있었다. 마력을 높은 밀도로 응집시켜서 형상을 갖추고, 계속해서 새로운 마력을 유입시킴으로써 안정화시키는 작업을 거쳐서 만들어낸 생명의 고리였다.

아직 심장을 두를 정도도 못 되는 불완전한 상태다. 하지만 중요한 것은 아젤이 단 하루 만에 안정화된 생명의 고리를 만들어냈다는 것이다. 심장에 직접 두르는 것보다야 효율이 떨어지지만 얼추 스피릿 오더의 기술을 흉내 낼 수는 있으리라.

스스로의 상태를 점검한 아젤이 말했다.

"자, 그럼 슬슬 식사하러 가자."

"끼니는 절대 안 놓치는군."

"삼시 세끼는 소중하니까."

아젤은 콧노래를 부르며 막사를 나섰다.

3

아젤은 이번에도 또 7인분 식사를 뚝딱 해치웠다. 배가 빵
빵해질 때까지 음식을 먹어치우고 물을 마시고도 배탈이 나
지 않는 게 신기할 정도로 많이 먹고 마신 다음 만족스럽게
배를 두드렸다.

"아, 배불러. 오래 굶으니까 진짜 음식 소중한 줄 알겠어."

"이제 살도 좀 올랐는데 그렇게 많이 먹을 필요가 있나?"

릭이 질려서 물었다.

아젤은 어제 밤과 비교해서도 살이 훨씬 더 붙어 있었다.
이제는 슬슬 정상 체중에 가까울 것 같았다.

"음. 오늘까지만 이렇게 먹고 그 후부터는 식사량을 정상
으로 돌리려고 해. 내가 먹는 게 전부 다 몸으로 흡수되는 건
아니고 싸는 것도 많단 말야. 근육을 만들려면 살을 더 늘려
야 하거든."

"어련하시겠어."

릭이 고개를 절레절레 저었다. 물론 아젤은 그의 태도가 어
떻든 신경도 쓰지 않았다.

식사를 마친 두 사람은 곧바로 자일의 막사로 향했다. 자일

은 부관에게 보고를 듣고 있던 참이라 잠시 밖에서 기다렸다.

"흠. 기다리게 했군."

부관을 내보낸 그가 아젤과 릭에게 의자를 권했다.

릭이 물었다.

"정찰대가 뭔가 발견했습니까?"

"아니, 딱히. 기분 나쁠 정도로 아무 일도 없다."

현재 이곳 유적 발굴 현장에는 서부 국경수비대 중 300명에 달하는 병력이 나와 있었다.

그렇게 많은 병력이 파견된 이유는 이곳이 그만큼 위험하기 때문이다. 마물이 넘치는 발란 숲에서 유적 발굴 작업을 하려면 충분한 병력이 필요했다.

하지만 정작 발굴이 시작된 후로는 마물들과의 충돌이 거의 없었다. 고작해야 정찰대가 마물들과 충돌한 정도? 300명이나 되는 병력이 모여 있어서 그런지 유적 발굴 현장을 직접 노리는 간 큰 놈들이 나타나지는 않는다.

자일이 말했다.

"너무 문제가 없으니까 오히려 불안할 지경이다."

"뭐, 병력만 300명이나 모여 있으니 당연한 거 아닐까요? 요즘은 큰 세력의 준동은 발견되지 않았잖습니까?"

릭이 말했다.

서부 국경수비대는 언제나 소수 정예의 정찰대를 운용해서 발란 숲의 상황을 파악하고 있었다. 그들이 특히 경계하는 상황은 마물들이 한데 모여서 세력을 이루는 경우다. 작은 부족 정도는 괜찮지만 그 이상으로 수가 불어난다 싶을 경우, 대규모 병력을 파견해서 위험의 싹을 잘라 버린다.

그렇기에 그들은 지금은 위험이 될 정도로 큰 마물들의 세력이 없음을 알고 있었다. 하지만 자일은 고개를 저었다.

"확신할 수는 없지. 깊은 곳에 뭐가 살고 있는지는 모를 노릇이니……."

정찰대도 발란 숲 전역을 돌아다니지는 않는다. 깊은 곳에는 도저히 감당할 수 없는 위험한 마물들이 살고 있었기 때문이다. 그러다 보니 정찰 못한 지역에서 위험이 크고 있을 가능성도 있었다.

'예를 들면 용.'

자연계 최강의 생물이라 불리는 존재. 그들은 배부른 맹수처럼 숲 깊숙한 곳에 자기 영역을 정해두고 그곳에서 좀처럼 나오지 않는다. 하지만 그들이 밖으로 나올 때는 반드시 커다란 소란이 벌어진다.

자일이 말했다.

"그럼 대련을 해볼까?"

"얼마든지. 어디서 할까요?"

"봐둔 곳이 있다."

야영지에서 다른 이들의 눈이 닿지 않는 곳을 찾기는 어렵다. 하지만 남들이 이 대련을 보길 원하지 않는 자일은 미리 쓸 만한 장소를 물색해 두었다.

그곳은 주변의 나무를 베어서 쌓아둔 공터였다. 이 뒤쪽에는 좀 더 멀찍이서 경계를 서고 있는 병사들 말고는 다른 사람이 없다.

자일이 제안했다.

"접촉 없음, 속도는 3배 호흡이면 어떻겠나?"

"좋습니다."

대답하면서 아젤은 속으로 휘파람을 불고 있었다.

'와, 이거 크로이스 영감님이 만든 대련 방식을 지금까지도 쓰네? 그 영감님 알면 좋아하겠군.'

크로이스 니델 공작.

아젤과 함께 용마전쟁에서 활약하면서 역사에 이름을 남긴 위대한 기사 중 한 명이다. 용마왕군의 고위 간부를 여럿 쓰러뜨린 전적을 가진 영웅으로 아젤이 아는 한 최고의 기교파 기사였다.

자일이 말한 의미는 이렇다.

접촉 없음은 말 그대로 서로 대련을 하되 서로 치지는 않는다는 것이다. 공격이 서로의 몸에 닿기 전에 멈춘다.

3배 호흡이란 격렬한 운동 시가 아닌, 일반적으로 숨을 들이쉬고 내쉬는 속도의 3배를 한 호흡으로 잡고 느릿하게 움직인다는 것이다. 신체 능력을 겨루기보다는 수읽기에 중점을 두는 대련에서는 일부러 움직이는 속도를 늦추고는 한다.

둘은 그런 조건하에서 대련을 벌이기로 했다. 자일이 물었다.

"무기는 뭘 쓰나?"

"검이 제일 좋고 창도 상관없고. 해머도 괜찮을 것 같지만 별로 대련하기에 좋은 무기는 아니죠?"

"해머는 애당초 연습용 무기가 없다."

자일은 쓴웃음을 지으며 연습용 검을 하나 건네주었다. 그것을 받아 든 아젤은 무게 중심을 파악한 다음 허공에다 대고 휘둘러보았다.

'영 이미지대로 안 되는군.'

몸 상태가 어느 정도 회복되기는 했지만 여전히 아젤 자신이 기억하고 있는 감각과는 크게 어긋나 있다. 아젤은 몇 번 더 허공에다가 검을 휘둘러서 정신과 육체의 감각을 일치시켰다.

"좋아."

몸이 둔해서 검격에 예리함이 없지만 그건 지금 당장 회복할 수 있는 게 아니다. 중요한 것은 자신이 어떻게 움직일 수 있는지 알고, 머릿속의 이미지와 실제 움직임을 일치시키는 것이다.

큰 부상을 당했다가 회복했을 때, 이 이미지의 어긋남을 고치는 데는 많은 시간이 필요하다. 아젤의 상태도 그와 같았으나 깨어난 후 지속적으로 몸을 회복해 온 그는 놀랍도록 빠르게 그 문제를 교정하는 데 성공했다.

"그럼."

아젤과 자일은 서로 검이 부딪칠 수 있는 거리에서 마주 섰다.

아젤은 오래 기다리지 않았다. 서로 자세를 잡자마자 미리 약속한 '3배 호흡'에 맞는 느릿느릿한 속도로 움직였다. 한 걸음 내디디면서 검을 찔러 들어간다.

릭도 알아볼 수 있을 정도로 느릿느릿하게 공방이 이루어 졌다. 서로 신체 능력이 거의 동일하다는 가정하에 벌이는 대 련이기 때문에 검을 부딪쳤을 때의 반응, 그리고 다른 동작으 로 인해서 자신이 어떤 피해를 받는가도 상상하면서 움직인 다.

또한 육체가 아닌 정신의 공방도 이루어졌다.

이 경우에는 그쪽이 본편이었다. 스피릿 오더 수련자끼리 마력을 이용해서 상대방의 감각을 노린다.

릭은 육체는 일반인이었지만 치유술사였기에 마나의 움직 임이나, 마력으로 인한 현상도 알아볼 수 있었다. 그렇기에 둘의 스피릿 오더 공방을 보면서 혀를 내둘렀다.

'엄청 현란하군.'

몸은 느릿느릿하게 움직이고 있지만 스피릿 오더로 발하 는 마력은 아니다.

일반인에게는 보이지 않는 영역에서 격렬한 움직임이 있

었다. 마력을 감지하는 감각을 시각에 집중시키면 아젤과 자일의 몸에서 투명한 빛으로 이루어진 선이 서너 개씩 나와 있는 게 보였다.

약간씩 다른 색을 띤 그 선은 의념으로 조종되는 마력의 응집체가 그려 내는 궤적이다. 하나하나가 모두 주인의 의도에 따라서 다른 효과를 구현하고 있을 것이다.

그 효과가 무엇인지는 알 수 없다. 릭의 지식은 스피릿 오더 수련자가 발하는 마력이 상대의 정신에 영향을 끼치는 경우가 많다는 정도에 그쳐 있었다.

"음."

그렇게 5분 정도 흘렀을 때였다.

아젤이 숨을 고르면서 검을 내렸다. 동시에 그가 전개했던 마력도 사그라졌다.

자일이 의아해했다.

"왜 그만두는 거지?"

"마력 부족입니다."

"뭐라고?"

"지금 마력이 쥐꼬리만 해서 더 이상은 못하겠군요."

아젤이 장난스레 양손을 들어보였다.

현재 아젤의 마력 양은 보잘것없었다. 이제야 불완전한 생명의 고리 하나를 형성했을 뿐이니 그럴 수밖에 없다. 오히려 쥐꼬리만 한 마력으로 쿼드로플 마스터인 자일과 5분이나 겨

룬 것이 놀라운 일이다.

그 말에 자일은 아차 했다.

"그랬군. 기교가 너무 뛰어나서 그런 문제는 전혀 생각 못 하고 있었다."

스피릿 오더 수련자로서 아젤의 실력은 자일이 생각했던 것보다 훨씬 뛰어났다. 이 정도로 마력을 자유자재로 다루는 이가 생명의 고리를 모두 잃고, 영맥이 말라 버렸다는 것을 믿을 수 없을 정도다.

아젤이 능청스럽게 말했다.

"아무래도 저도 예전에는 제법 한가락 하던 게 맞는 것 같군요."

"그럴 것이다. 그런 실력이라면 명성이 없었을 리 없다."

"한 가지 궁금한데… 자일 경, 당신 정도면 기사들 사이에서 어느 정도 실력입니까?"

아젤은 넌지시 중요한 질문을 던졌다. 자일과 직접 실력을 겨뤄본 지금, 그의 입에서 나올 대답은 이 시대 기사들의 수준을 파악하는 데 중요한 참고 자료가 될 것이다.

자일이 대답했다.

"내 실력은 그렇게 대단하지 않다."

"그럼 저도 별 볼 일 없는 거잖아요?"

"그렇지는… 않다."

겸양하던 자일은 아젤의 지적에 당혹감을 내비쳤다. 아젤이 슬쩍 릭을 곁눈질하며 말했다.

"어차피 자일 경이 어느 정도 실력인지는 알고 있으니까, 솔직하고 객관적인 평가를 부탁하고 싶은데. 안 될까요?"

"음……."

자일은 잠시 고민했다. 주변에는 쿼드로플 마스터라는 것을 감추고 있었기 때문에 릭이 듣고 있는 상황에서 말해주기가 곤란했다. 하지만…….

─다른 사람에게는 말하지 않는다고 약속해 줄 수 있겠나?

스피릿 오더 수련자에게는 목소리를 내지 않고도 자신이 말하고자 하는 것을 상대방에게 전달하는 기술 '위스퍼링'이 있었다. 통신 마법과는 달리 근거리에 한정되지만 비밀 대화를 해야 할 때는 매우 유용하다.

─물론이지요.

아젤도 같은 기술로 대답했다.

자일이 말했다.

─기술적인 수준을 제외하고 말하자면… 쿼드로플 마스터는 흔치 않다. 서부 국경수비대 전체를 통틀어도 나를 제외하면 세 명뿐이다.

─그 정도입니까?

아젤은 놀랐다.

'기사들 평균 수준이 별로 높아지진 않았군.'

아니, 오히려 떨어졌는지도 모른다. 한 나라의 국경을 책임지면서 실전을 자주 겪는 부대에 쿼드로플 마스터가 단 네 명 뿐이라니… 아젤의 시대에는 쿼드로플 마스터 정도는 그렇게 보기 드물지 않았다. 다만 자일처럼 어린 나이에 그 경지에 도달한 사람을 찾기 힘들었을 뿐이다.

'아니, 생각해 보면 '쿼드로플 마스터'가 네 명일 뿐이지.'

자일은 그 이상의 경지에 오른 이들을 언급하지 않았다. 쿼드로플 마스터보다는 적지만 분명 퀸터플 마스터 이상의 존재들도 있을 것이다.

하긴 잘 생각해 보면 이 부대에 쿼드로플 마스터가 몇 명인지부터가 군사 기밀에 속하는 정보다. 자일이 알려준 것으로 보아 거기까지는 그래도 외부에서도 쉽게 알아낼 수 있는 사실일 것이다.

'어쨌든 기술은 좋아진 것 같은데…….'

자일과 겨뤄보니 아젤에게는 생소한 방식의 기술들을 경험할 수 있었다.

아젤의 시대에 기사들이 쓰던 기술들은 훨씬 단순 무식했다. 그렇다고 그때의 기사들이 전부 기교가 떨어졌다는 뜻은 아니다. 자신이 가진 것을 활용하는 능력은 별개로 두고, 기술 자체가 보다 복잡하고 다양하게 발전한 인상을 받았다는 의미다.

자일의 기술은 유려하면서 다양하다. 짧은 시간 겨뤄본 것만으로도 그 사실을 알 수 있었다.

물론 아젤이 마음만 먹었다면 지금 설정한 조건하에서는 자일을 얼마든지 이길 수 있었다. 잠깐 겨뤄보니 자신의 마력 통제력이 자일보다 훨씬 앞선다는 사실을 알 수 있었기 때문이다.

하지만 아젤은 일부러 실력을 감췄다. 너무 강한 모습을 보여주면 경계할 테고 그건 지금의 아젤에게는 좋지 않다.

잠시 생각하던 아젤이 말했다.

"자일 경, 부탁이 하나 있습니다."

"무슨 부탁인가?"

"제 거취 문제가 결정될 때까지 여기서 인부로 일하면 안 될까요?"

"인부라고?"

"몸 상태야 일하는 데 문제없으니까, 이대로 놀고먹는 건 아무래도 미안해서. 그리고 자유롭게 될 경우에는 어느 정도 여비가 필요할 것 같거든요."

"그건… 그러니까 일한 값은 달라는 거군."

"하하. 그렇지요."

아젤이 부끄러운 듯 웃었다.

놀고먹는 게 미안해서 일해주겠다고 말하면서 품삯은 달라고 하는 게 스스로 생각해도 참 뻔뻔하다.

'하지만 돈 한 푼 없으니까 할 수 없잖아.'

인간이 살아가기 위해서는 돈이 필요한 것이다. 아젤은 세상을 구한 영웅이었지만 지금은 빈털터리다. 그리고……

'저 유적을 좀 살펴볼 필요도 있고.'

인부로 일한다면 자기가 잠들어 있던 유적에 접근할 수 있으리라. 거기에 칼로스가 뭔가 단서를 남겨놓았다면 반드시 알아둬야 했다.

자일이 말했다.

"알겠다. 그 정도는 내 재량으로 결정할 수 있는 문제니… 원한다면 오늘부터 일해도 좋다. 단."

"단?"

"하루에 두 번씩 나와 이렇게 대련해 주는 조건이다. 아침 저녁이라면 충분히 마력을 회복하고 다시 임할 수 있겠지?"

"그거라면 얼마든지."

아젤이 씩 웃으며 고개를 끄덕였다.

4

그날부터 사흘간 아젤은 인부들과 함께 유적을 발굴하는 작업에 참여했다.

작업은 거의 막일이었다. 현재 유적은 입구가 완전히 붕괴해서 안으로 들어갈 수가 없었다. 그래서 유적 부근의 지면을 파내고, 무너진 입구의 잔해를 들어내는 작업을 며칠째 계속하고 있었다.

'이것 참. 이제 보니 순전히 나를 보호하기 위해 지어놓은 거였군.'

다른 인부들에게 들은 정보를 종합해 보니 며칠 전, 아젤이 깨어나기 전까지 이 유적의 입구는 완전히 폐쇄되어 있었단다. 강력한 마법으로 보호되고 있어서 마법사들이 입구를 열 방법을 고심했다고 한다.

그런데 아젤이 깨어난 그날, 유적을 보호하는 마법의 일부가 소실되면서 입구가 붕괴했다. 아마 아젤이 깨어난 그 순간에 일어난 일이 아닐까?

'이거 나오지 말고 안에 있었어야 되는 거 아냐?'

괜히 기를 쓰고 지상으로 나오지 말고 관짝만 열고 나왔어야 하는 건지도 모르겠다. 처음부터 잠든 아젤을 보호하기 위한 목적으로 지어진 시설이라면 깨어난 후에 도움이 될 만한 것도 있었을 텐데……

하지만 이미 나와 버렸으니 어쩔 수 없다. 이제 와서 처음 나온 곳으로 돌아가서 무너진 지반을 파낼 수도 없는 노릇 아닌가?

'그 마력도 나를 위해 준비해 놓은 거였겠어.'

아젤은 깨어날 당시의 상황을 되새겨 보았다. 자신이 깨어나서 관 뚜껑을 날려 버리려고 힘을 모았을 때, 외부에서 대량으로 마력이 유입되었다.

왜 그런 일이 일어났을까 싶었는데 이제 와 생각하면 그것

역시 칼로스의 안배였던 것 같았다. 아마 아젤이 깨어나서 마력을 일으키면 거기에 반응해서 비축해 두었던 마력이 흘러드는 구조가 아니었을까? 아마도 칼로스는 아젤이 잠에서 깨어났을 때의 상태를 예상하고 있었으리라.

'하여튼 꼼꼼한 녀석이라니까.'

아젤은 친구의 얼굴을 떠올리며 쓴웃음을 지었다.

그렇게 인부로서 일을 하는 한편, 아젤은 스피릿 오더 수련을 계속했다.

발굴 현장은 낮 동안에만 돌아가고 밤에는 인부들도 쉰다. 아침, 저녁에 한 번씩 자일과 짧은 대련을 하는 것 말고는 릭과 의무대 막사에서 노닥거릴 뿐인지라 시간 여유는 충분했다.

문득 릭이 물었다.

"그런데 아젤, 그건 도대체 왜 그렇게 하는 거야?"

"뭘?"

"왜 마력 응집체를 만들어서 입으로 마시는 거냐고."

보통 스피릿 오더 수련자들은 마나 공명으로 마력을 발생시킨 다음 그것을 모공으로 흡수한다. 마력 응집체를 손으로 받쳐서 입으로 마시는 아젤의 방식은 아무리 봐도 괴상하다.

아젤이 고개를 갸웃했다.

"글쎄?"

"글쎄라니……."

"하지만 왜인지는 기억이 안 나니까 할 수 없잖아? 다만 이렇게 배운 것 같아. 그러니까 이러는 거겠지."

"거 참. 그놈의 기억상실 참 편리하기도 하지."

"나도 기억해 내고 싶다고."

아젤이 투덜거렸다.

물론 거짓으로 꾸며 낸 태도였다. 그가 굳이 이런 방식을 사용하는 것은 명확한 이유가 있었다.

'이쪽이 단기간에 영맥에 마력을 채우기에는 훨씬 낫기 때문이지.'

릭이 말한 일반적인 스피릿 오더 수련자들의 방법과 아젤이 지금 쓰고 있는 방법은 어느 쪽이 절대적으로 낫다고는 할 수 없다. 상황에 따라서 나은 방법이 있을 뿐이고 지금의 아젤에게는 이쪽이 나을 뿐이다.

일반적인 스피릿 오더 수련자들은 전신 모공으로 마력을 받아들임으로써 전신의 영맥을 활성화하고, 강화하는 작업을 동시에 진행한다. 하지만 아젤의 영맥은 말랐을 뿐이지 기능을 잃은 것이 아닌지라 일단은 거기에 마력을 채워 넣는 게 절실했다.

그리고 단지 마력 양을 높이는 것만 생각하면 옅은 마력을 전신으로 받아들이는 것보다는 한데 모아서 밀도를 높인 마력 응집체를 입으로 마시는 편이 훨씬 낫다.

'보통은 이렇게 했다가는 영맥이 다 받아들이질 못해서 대

부분이 유실되지만.'

그래서 아젤도 맨 처음에 마력 응집체를 만들어서 마심으로써 자신의 영맥이 어떤 상태인지 확인해 본 것이다. 영맥이 다 뚫려 있는 상태라면 이쪽이 훨씬 효과적이다.

물론 언제까지고 이 방법만 쓸 수는 없다. 아젤의 영맥이 다시 막히지는 않았어도 쪼그라들고 약해진 건 사실이니까. 지금의 영맥이 감당할 수 있는 한계치까지 마력을 늘리고 나면 그때부터는 일반적인 방법을 써서 영맥을 강화하는 작업도 병행해야 한다.

'어쨌든… 일단은 하나.'

그동안 노력한 끝에 아젤은 완전한 생명의 고리 하나를 형성할 수 있었다.

상식적으로 불가능한 일이다. 하지만 아젤은 스피릿 오더 입문자가 아니라 극한의 경지까지 터득했던 인물이고, 전신의 영맥이 다 뚫려 있는 상태에서 회복을 거치는 것이라 가능했다.

고작 하나지만 생명의 고리를 가졌으니 이제는 좀 제대로 스피릿 오더를 활용할 수 있다. 하지만 아젤은 거기서 만족하지 않았다.

'시간은 좀 걸리겠지만, 기왕 이렇게 된 거 듀얼 밴딩을 시도해 봐야지.'

듀얼 밴딩이란 용마왕 아테인의 저주만 없었어도 아젤이

완성했을 스피릿 오더의 새로운 경지다.

스피릿 오더의 핵심이라 할 수 있는 마력 결정 구조물, 생명의 고리는 일정한 굵기로 심장을 감싼다. 그것을 하나씩 늘려서 심장 박동과 공명하는 수를 늘리는 것이 스피릿 오더 수련자가 힘을 증강하는 방법이었다.

생명의 고리가 일정한 굵기인 것에는 이유가 있다. 그것이, 마력이 스피릿 오더에서 요구하는 성질을 갖춘 채 안정화된 형상을 이룰 수 있는 최소한의 굵기이기 때문이다.

물리적으로 차지하는 면적 때문에 심장을 감쌀 수 있는 생명의 고리 숫자는 한계가 명확하다. 그래서 스피릿 오더 수련자들이 도달할 수 있는 최종 경지는 이론상 디커플 마스터(생명의 고리 10개)로 여겨지고 있었다.

여기에 도달했다고 알려진 자는 현실에는 없었다. 용마왕 아테인을 쓰러뜨릴 때의 아젤조차도 옥터플 마스터(생명의 고리 8개)였고, 아젤이 아는 한 가장 강대한 마력을 가졌던 자도 나노플 마스터(생명의 고리 9개)였다.

하지만 아젤은 여기에 변화를 주는 파격적인 방법을 고안해 냈다.

하나의 생명의 고리 바깥쪽에 좀 더 지름이 넓은 또 하나의 생명의 고리를 비스듬하게 얽어놓는 것이다. 이 방법을 아젤은 듀얼 밴딩이라고 명명했다.

칼로스도 이 방법이라면 같은 수의 생명의 고리를 갖고도 훨씬 강력한 힘을 발할 수 있을 거라고 여겼다.

두 사람은 실증을 위해 마법으로 시뮬레이션을 해보기도 하고, 동물을 실험체로 삼아서 유사 모델을 구축해 보기도 하면서 이 방법에 대한 확신을 얻었다. 그러나 아젤은 결국 스스로 실증해 보지 못한 채로 긴 잠에 빠져들어야 했다.

'오히려 지금이 절호의 기회다.'

당시 생명의 고리 8개를 가진 아젤은 더 이상의 생명의 고리를 만들기가 힘들었다. 일정량 이상의 마력 결정 구조물을 몸 안에 유지하는 것이 아주 힘든 일이기 때문이다.

하지만 지금의 아젤은 생명의 고리를 처음부터 다시 만들어야 하는 몸이다. 그러다 보니 오히려 쉽게 듀얼 밴딩을 시도할 수 있었다.

'간접적인 실험 데이터는 충분하지만 내 몸에 적용했을 때도 된다는 보장은 없지. 그래도 성공한다면… 예전 이상의 경지를 노릴 수 있어.'

사실 아젤은 220년이나 지났으니 이 시대의 스피릿 오더 수련자들은 이 방법을 쓰고 있지 않을까 생각했다. 그런데 자일을 보니 그건 아니었다.

아무래도 아젤이 세상에 알리지 않은 채로 잠에 빠져든 후로 이 방법을 개발해 낸 이가 없거나, 혹은 있었어도 비전으로 감춰두고 널리 전하지는 않은 모양이다.

문득 아젤이 물었다.

"그러고 보니 릭, 치유술사는 어떻게 되는 거야?"

"어떻게 되는 거냐니, 당연히 치유술을 배워서 되는 거지."

"아니, 그러니까… 원래 치유술은 신전의 사제들이 쓰는 기술 아닌가?"

"옛날에는 그랬지."

"옛날에는?"

"물론 요즘도 신전의 사제들이 쓰긴 하는데… 지금이야 의료 협회에서 치유술사를 양성하니까."

의료 협회는 치유술사들과 연금술사들이 연합해서 결성한 조직이다. 치유술의 근본이 되는 약물을 제조하는 게 연금술사들이다 보니 그렇게 될 수밖에 없었다고 한다.

"원래는 각 신전이 치유술을 위한 약물 제조법을 비밀로 감추고 있었지만 60년 전인가? 현자 바이언이 자체적으로 제조에 성공하면서 상황이 바뀐 거야."

확실하지는 않지만 바이언은 신전이 치유술을 독점한 것에 원한을 품었다고 한다. 아마 그로 인해 소중한 사람을 잃었다고 추정되고 있다.

설명을 들은 아젤이 감탄했다.

"그렇군. 바이언이라는 남자는 세상을 바꿨구나."

아젤의 시대에는 상상도 못할 일이었다.

치유술은 신전이 세상에 영향력을 행세하는 중요한 도구였다. 인간의 생명을 좌지우지하는 기술이기에 권력자들조차 신전을 함부로 하지 못하고 그들에게 쩔쩔맸다. 그로 인해 특정한 교단의 세력이 강한 나라에서는 신전이 부패해서 온갖 병폐가 발생하기도 했다.

바이언은 긴긴 세월 동안 이어져 내려오던 그런 상황에 종지부를 찍어버린 것이다.

자신이 잠들어 있는 동안 그런 큰 변화가 있었다니, 아젤은 정말이지 신기한 기분이었다. 그야말로 자고 일어났더니 세상이 변해 버리지 않았는가?

릭이 말했다.

"뭐, 그분 덕분에 나 같은 놈도 치유술사 자격을 갖고 먹고 살 길을 마련할 수 있는 거지. 감사하게 생각하고 있어."

"치유술사가 고작 먹고살 길인가?"

"그럼. 설마 내가 사람을 살리고 싶다는 숭고한 이유로 치유술사가 됐을 거라고 생각했나?"

"물론 아니지."

아젤은 변해 버린 가치를 실감하면서 피식 웃어버리고 말았다.

그때 릭이 말했다.

"그런데 아젤."

"응?"

"당신 아직 복근 안 생겼지?"

"그야……."

"며칠 후면 불끈거리는 복근을 만들어서 보여주겠다더니, 안 되는구면."

"……."

그 말대로 아젤은 아직 근육을 뚜렷하게 발전시키지 못했다. 며칠 동안 급격하게 사람다운 몸이 되었고 힘을 주면 팔에 어느 정도 각이 잡힐 정도였지만 그게 다다.

"끄응."

그럴 줄 알았다는 듯 코웃음을 치는 릭의 시선에 아젤은 눈살을 찌푸리고 말았다.

5

용마공주.

그것은 루레인 왕국에서는 한 세대에 한 명만이 가질 수 있는 칭호다.

순수한 인간이 아닌 존재, 저주받은 용이라는 용마족의 피를 이어받은 혼혈 인간, 용마인.

그러한 존재 중에 단 한 명만이 루레인 왕가에서 용마공주라 불린다. 왕국에서 가장 유명한 존재가 발란 숲 유적 발굴 현장을 방문할 것이다. 그 소식을 이야기해 주었을 때 아젤이 보인 반응은 릭의 상상을 초월했다.

"용마공주라니 그게 뭐야? 용마족이 왕국이라도 만들었나?"

그리고 그는 릭에게 세상에서 가장 무식한 놈을 다 본다는 시선을 받게 되었다. 아젤이 발끈했다.

"기억도 불분명한데 모를 수도 있지."

"아무리 그래도 그렇지. 어떻게 용마공주를 몰라?"

"정말 모르겠는데… 들어도 기억이 안 나."

"기가 막히는군."

릭은 혀를 차고는 용마공주에 대해서 설명해 주었다.

"설마 용마전쟁도 모르는 건 아니지?"

"200년 전쯤에 용마족이 세상을 지배하고자 해서 벌어졌던 전쟁 아닌가?"

"그래도 그건 아는군. 그 용마전쟁이 영웅 아젤 카르자크가 용마왕 아테인을 쓰러뜨리면서 끝나고 나서……."

거기까지 말한 릭은 아젤을 흘끔 바라보았다.

"그러고 보니 당신 이름도 아젤이네."

"그게 왜?"

"그리고 아젤 카르자크처럼 붉은 머리칼이군."

"뭐 그럴 수도 있지."

아젤은 속으로 뜨끔하면서도 겉으로는 내색하지 않았다. 릭이 말했다.

"아니, 이 모양 이 꼴인 놈하고 전설의 영웅이 이름이 같은 게 참 안쓰러워서."

"……."

"뭐, 하여간 용마전쟁 당시에도 인간 편을 든 용마족은 제법 있었어."

용마왕 아테인은 수많은 용마족을 규합해서 세상을 지배하고자 했다. 그가 꿈꾸던 것은 용마족이 다른 모든 존재 위에 군림하는 대제국이었다.

그러나 모든 용마족이 그의 편을 들었던 것은 아니다. 아테인이 마음에 안 들어서 중립을 표방하거나, 인간 편을 든 용마족도 있었다.

아젤도 그런 이들을 기억했다.

'그러고 보니 그들은 아직 살아 있을 수도 있겠군.'

용마족은 인간보다 훨씬 오랜 시간을 살아간다. 그러니 전장에서 같이 싸웠던 용마족 중에 220년이 지난 지금까지 살아 있는 자가 있을 수도 있으리라. 당연히 떠올렸어야 하는 가능성인데 워낙 경황이 없어서 생각이 미치지 않았다.

그 사실을 깨닫자 아젤은 가슴이 두근거렸다.

지금까지 아젤은 눈앞에 닥친 상황을 긍정적으로 받아들이려고 노력했으나 마음 한편으로는 절망하고 있었다. 자신이 모르는 세상에 홀로 던져졌다는 고독감은 견디기 어려운 것이었으니까.

그러나… 비록 인간이 아니라고 하더라도 자신과 같은 시대를 살아간 자들이 있을지도 모른다. 그 사실이 아젤에게 기대감을 심어주었다.

'하지만……'

아젤은 용마전쟁이 끝난 후, 얼마 지나지 않아서 공식 석상에 나서지 않고 은거했다. 세간에는 그 이유가 알려지지 않았으나 아테인의 저주 때문에 건강이 급속도로 악화되었기 때문이다.

그래서 용마전쟁 종식 후 세상이 어떻게 돌아갔는지 사정이 어두웠지만, 그래도 알게 된 사실이 있었다.

인간에게 협력한 용마족들에 대해 좋지 못한 여론이 형성되었다는 것.

'그 후로 어떻게 되었지?'

비록 인간을 도와 싸웠다고는 하나 그들은 용마족이다. 그리고 용마전쟁 때문에 인간이 용마족에 대해 품은 두려움과 적의는 상상을 초월했다.

릭의 이야기는 그 부분을 짚고 있었다.

"용마전쟁 후, 인간에게 협력한 용마족들도 대부분 세상을 등지고 은거할 수밖에 없었지. 그리고 그들의 피를 이은 혼혈… 즉, 용마인들은 핍박받아서 여기저기서 사고도 많이 쳤다고 해."

"……"

역시 그렇게 되었나.

용마족 중에는 인간과 사랑에 빠져서 인간을 편든 이들이 있었다. 그러나 인간들은 그들을 전쟁에서 함께 싸우는 동료로 여겼으되 사회의 일원으로 받아들이기는 거부했던 것이다.

'아니, 그때도······.'

심지어 용마전쟁 당시에도 그들은 고립되어 있었다. 그들은 진정한 의미에서의 동료가 아니라 강대한 힘을 가진 도구, 믿을 수는 없지만, 쓸모 있는 적측의 배신자로 여겨졌다.

그래서 그들은 아젤이나 칼로스처럼 마음을 열고 다가오는 자들과의 인연을 소중히 했다. 믿고 싶은 세상에 온통 적의만이 존재하는데 그들이 신념을 지키기란 참으로 어려운 일이었을 것이다.

릭의 이야기가 이어졌다.

"상황이 바뀐 것은 시간이 좀 더 지난 후의 일이야. 나딕 제국 말기, 피폐해진 제국의 폭정을 참지 못한 루레인 공작이 주변의 영주들과 연합하여 루레인 왕국으로의 독립을 선언하자 당연히 제국은 무력 대응에 나섰지."

루레인 왕국 독립전쟁은 나딕 제국 패망의 시작이었다.

그러나 나딕 제국은, 피폐해졌음에도 불구하고 여전히 세계 최강이었다. 루레인 왕국은 시작부터 절망적인 위기를 맞닥뜨려야 했다.

이때 루레인 공작은 과감한 결정을 내린다.

그 결정이란 바로 용마족, 그리고 용마족과 인간의 혼혈인 용마인을 아군으로 삼는 것이었다.

인간에게 적대시되던 용마족 몇몇을 회유하고, 핍박받던 용마인들을 포용했다. 그들에게 사회적인 지위를 주어 제대로 된 삶을 살 수 있도록 배려함으로써 루레인 왕국은 강력한 힘을 손에 넣었다.

"그리고 그러한 의지를 확실하게 보이기 위해서 용마족 여성을 비로 맞아들이고, 추후 왕위를 잇는 자는 반드시 용마족의 피를 이은 자를 반려 중 하나로 맞이하여 용마족의 피를 왕가에 보존해야 한다는 법을 만들었지."

그리하여 용마공주와 용마왕자라는 존재가 탄생했다.

인간과, 왕국에 존재하는 모든 용마족의 피를 이은 자들이 함께 살아가는 존재임을 알리는 동맹의 증표.

릭이 말했다.

"그들은 왕위를 계승할 수 없기에 왕권을 위협하는 게 불가능하고, 다음 세대가 태어날 때까지 왕가를 위해 싸울 것을 강요받는 존재야. 하지만 그렇기에 모두의 영웅이기도 하고."

"그렇군……."

아젤은 자신이 퇴장한 후의 역사를 흥미진진하게 들었다.

용마전쟁 후 용마족들이 맞이한 결말과, 고국이었던 나딕 제국의 패망은 가슴 아팠지만 루레인 왕국이 용마족을 어떻게 대우하는지는 상당히 인상 깊었다.

'결국 그들은 인간이 구축한 문명사회 속에서 살아갈 권리를, 용마족의 힘을 대가로 지불해서 구입한 셈인가.'

냉소적으로 보면 그렇게 해석될 것이다. 좀 더 알아봐야겠지만 아젤은 자신의 추측이 틀릴 거라고 생각하지 않았다. 인간과 용마족이 그런 방식으로밖에 공존할 수 없다는 사실이 조금 씁쓸했다.

아젤이 물었다.

"그런데 그 용마공주가 왜 여기에 오는 건데?"

"그야 이 유적 때문이지."

"응?"

"대마법사 칼로스의 유적일지도 모른다고들 하니까. 혹시나 해서 용마공주를 책임자로 해서 조사단을 파견했다더라고."

"대마법사 칼로스……."

아젤이 잠들기 전, 칼로스는 많은 칭호를 갖고 있었다. 하지만 아직 젊어서 대마법사라고 불리진 않았다.

그런데 220년이 지난 지금, 그는 역사에 그렇게나 대단한 인물로 남았나 보다. 아젤은 그 사실에 쓴웃음을 짓고 말았다.

6

루레인 왕국에 한 세대에 단 한 명만이 존재하는 용마공주.

당대의 용마공주의 이름은 아리에타 바일 루레인이라고 했다. 용마왕자 세이가 바일 루레인과는 두 살 터울의 남매다.

"음."

왕가의 마차에 탄 아리에타는 잠시 잠들어 있다가 눈을 떴다.

그녀는 아직 열일곱 살의 소녀였다. 갑옷을 입지 않은 지금, 겉으로 보기에는 도저히 전장에서 위명을 떨친 존재로는 보이지 않는다.

길게 늘어뜨린 백발에 일부를 귀밑으로 땋아내렸고, 눈동자는 노을빛을 띤 보석 같다. 피부에는 잡티 하나 없었고 귀는 요정처럼 살짝 뾰족하며, 왼쪽 귀 위쪽으로 눈을 뭉쳐서 조각한 것 같은, 살짝 푸른 기가 도는 깃털 조형물 같은 뿔이 나 있었는데 모르는 이가 보면 독특한 장신구로 착각하리라.

그 뿔과 함께 그녀가 인간이 아님을 알려주는 요소는 양 손목에 박혀 있는, 그녀의 눈동자와 마찬가지로 노을빛을 띤 보석이었다. 흐릿한 그림자 같은 기운을 품은 그 보석은 용마석(龍魔石)이라고 불리는 것으로 동공이 세로로 찢어진 용의 눈동자를 닮아서 보고 있노라면 섬뜩한 느낌을 주었다.

멍하니 허공을 바라보던 그녀가 문득 입을 열었다.

"에노라."

"네."

에노라라 불린 것은 그녀 옆에 앉은 어린 시녀였다. 이제 열서너 살 정도로 보이는 소녀로 곱슬진 붉은 금발과 밝은 청록색 눈동자가 인형처럼 귀여운 용모였다.

아리에타가 물었다.

"아직 도착하지 않았느냐?"

그녀의 말투는 고풍스러웠다. 에노라가 대답했다.

"거의 다 왔다고 들었습니다."

"괜히 깼군. 하지만… 뭐지?"

아리에타가 살짝 눈살을 찌푸렸다. 에노라가 물었다.

"왜 그러세요?"

"누군가의 시선이 느껴질 듯 말듯……."

"시선요?"

"기분이 그렇다는 것이다. 그게 신경을 건드려서 깬 것 같구나. 그럼 잘 자거라."

아리에타는 다시 눈을 감았다. 그리고 채 3초도 안 되어서 잠이 들었다.

에노라가 어색하게 웃었다.

"전 자면 안 되는데……."

마차가 천천히 달리고 있기는 하지만 숲길인지라 그리 편안하다고 하긴 어려웠다. 하지만 아리에타는 자기 방 침대 위라도 되는 것처럼 숙면을 취하고 있었다.

에노라는 인형처럼 잠들어 있는 아리에타를 보다가 창밖으로 시선을 던졌다. 마차 안에는 그녀와 둘뿐이라 참으로 심심했다. 아리에타가 일반적인 소녀라면 서로 심심함을 달래기 위해 수다를 떨 테지만 그녀는 전혀 일반적이지 않았다.

'하지만 우리 공주님도 참, 어떻게 이렇게 많이 주무시지?'

에노라는 아리에타의 전속 시녀가 된 지 두 달밖에 되지 않았다. 처음에는 용마공주의 전속 시녀가 된다는 사실에 엄청 긴장했다. 또한 아리에타는 사람들 앞에서 이렇다 할 표정을 잘 보이지 않는 편이고 말투도 고풍스러워 부담이 이만저만이 아니었다.

하지만 한동안 같이 지내다 보니 그런 마음은 싹 사라졌다. 아리에타가 높으신 분이라고는 생각할 수 없을 정도로 헐렁한 성격이라는 걸 알게 되었기 때문이다.

'무엇보다 깨어 있질 않으시니.'

낮에도 잠들어 있는 경우가 많아서 시종 입장에서는 눈치 볼 일이 별로 없다.

에노라가 심심해서 창밖을 바라보면서 발가락을 꼼지락거리고 있자니 곧 밖이 소란스러워졌다. 도착한 모양이었다.

"공주님, 공주님."

"…응?"

귀에다 대고 속삭이자 아리에타가 눈을 떴다. 졸린 눈으로 에노라를 바라보며 묻는다.

"다 왔는가?"

"이제 곧 도착이래요."

"그럼 좀 더⋯⋯."

"안 돼요."

"왜?"

"졸린 눈으로 나가시면 안 된다면서요?"

"⋯내가 그랬나?"

아리에타가 고개를 갸웃했다. 에노라가 열심히 고개를 끄덕였다.

"다시 자려고 하면 말려달라고 하셨어요."

"그랬군. 음. 어쩔 수 없지. 적당히 정리해 다오."

아리에타는 하품을 하고는 눈을 감았다.

에노라가 재빨리 움직였다. 헝클어진 머리를 다듬고 눈가를 가볍게 씻어낸 뒤 화장을 고쳐 놓는다. 그리고 옆에 걸어두었던 옷들을 건네주었다. 제복 스타일의 겉옷과, 그 위에 코트를 입는 것을 재빠르게 도왔다. 비록 나이는 어리지만 용마공주의 전속 시녀다운 솜씨였다.

용마공주인 아리에타는 사교의 장이 아니고서야 드레스를 입지 않는다. 제복에 가까운 활동하기 편한 옷을 입는데 백색 바탕에 용의 불길을 형상화한 푸른 문양이 들어간 코트는 그런 그녀를 위해 특별히 제작된 마법 물품이었다.

곧 창밖에서 기사 하나가 말했다.

"공주님, 곧 도착합니다."

"알겠다."

기사에게 대답하는 아리에타의 목소리에는 졸린 기색이 전혀 없이 의젓하고 위엄이 있었다.

아리에타가 대답하고 나서 얼마 후, 그들은 목적지에 도착했다.

아리에타가 말했다.

"사실 여기 오는 동안 한 번 정도는 습격이 있을 줄 알았는데……."

"네?"

에노라가 놀라서 눈을 동그랗게 떴다.

왕궁에서 서부 국경수비대가 주둔하는 요새까지, 그리고 다시 요새를 떠나서 목적지인 발란 숲의 유적 발굴 현장에 오기까지 그들의 여정은 평온했다. 인원이 많다 보니 산적이나 마물들도 함부로 덤벼들지 않았던 것이다.

참고로 왕실에서 파견된 일행의 수는 30명 정도였다. 용마 공주 아리에타를 지키기 위해 20명가량의 호위 병력이 붙었으며 나머지는 마법사들과 학자들, 그리고 시종들이었다.

아리에타가 말했다.

"다른 곳도 아니고 발란 숲이니까. 워낙 위험한 곳이라서 들어서 한 번쯤은 충돌이 있을 거라고 예상했는데 의외로 아무 일도 없군."

"없는 편이 좋은 거잖아요?"

"그렇지. 그냥 그렇다는 것이다."

아리에타는 그렇게 말하면서 마차에서 내렸다. 그리고 문득 한곳에다 시선을 주었다.

"음?"

공사 현장에서 자신을 바라보는 이가 있었다.

물론 그런 시선은 한둘이 아니다. 아리에타가 마차에서 내리는 순간, 수십 명의 시선이 집중되었으니까.

하지만 그들 중 단 하나의 시선만이 그녀를 자극했다.

'용마력?'

용마력은 용마족이 갖는 특수한 힘이다. 용마족과의 혼혈인 그녀가 가진 힘이며, 인간의 마력과는 그 특성이 다르다.

그런데 여기서 용마력을 가진 자가 그녀를 바라보는 게 느껴졌다.

'아니, 왠지 느낌이 이상해.'

용마력의 향취가 나기는 하는데 그렇다고 용마력이 맞느냐고 하면 고개를 갸웃거리게 된다고 할까? 인간의 마력인데 그 위에 아주 희미하게 용마력의 느낌이 덧붙여진 듯한……

아리에타는 의아해하며 그 시선의 주인공을 바라보았다.

긴 붉은 머리칼을 뒤로 질끈 묶고 푸른 눈동자에 호기심을 가득 담은 채 자신을 바라보는 청년이 있었다.

7

아젤은 용마공주 아리에타를 처음 보는 순간 깜짝 놀랐다.

아젤은 인간이면서도 용마력을 민감하게 감지할 수 있었다. 그것은 그가 누구보다도 많은 용마족과 싸워 무찌른 존재이며, 또한 그 과정에서 용마족의 힘 일부를 터득하기까지 했기 때문이다.

그런 그가 보기에 아리에타는…….

'용마인의 용마력이 뭐 저리 강해?'

릭의 설명을 듣고는 용마왕자와 용마공주도 용마족의 피가 그렇게 짙지는 않을 거라고 생각했다. 그러나 아리에타를 직접 보니 그녀가 무의식중에 발하는 용마력의 농도가 장난이 아니었다.

'저 정도면 순수한 용마족에 필적하는 거 같은데?'

아젤이 놀라고 있을 때, 아리에타가 아젤을 바라보았다. 수많은 군중 중에서 정확히 아젤을 바라본 것이다.

둘의 시선이 허공에서 얽히면서 마력이 발산되었다. 그리고…….

아리에타가 무시무시한 속도로 아젤 앞에 나타났다

'빠르군!'

서로 간에 50미터 가까운 거리가 있었는데 한순간에 군중을 넘어서 다가오다니! 일반인의 눈에는 보이지도 않는 속도다.

'순동법(瞬動法)을 꽤 자연스럽게 쓰는데. 어린 아가씨치고는 기량이 상당해.'

순동법은 용마인이나 스피릿 오더 수련자들이 쓰는 고속 이동기술이다. 일반인의 눈에는 마치 그녀가 공간을 뛰어넘어 아젤 앞에 나타난 것처럼 보였으리라.

그래도 예전의 아젤이었다면 여유 있게 파악했을 것이다. 하지만 아직 몸에 지닌 마력이 적어서 감각과 신체 능력 역시 미약했다. 그렇기에 예전이었다면 여유 있게 잡아낼 수 있었을 아리에타의 움직임도 상대적으로 엄청나게 빠르게 느껴졌다.

'하마터면 공격할 뻔했어.'

반사적으로 공격할 뻔한 것을 겨우 억눌렀다. 아젤은 스스로의 미숙함을 탓하며 그녀를 바라보았다.

후우우우우……!

그녀의 움직임에 광풍이 휘몰아치면서 아리에타의 긴 백발과, 백색 바탕에 청색 무늬가 들어간 코트 자락이 펄럭였다. 그 속에서 아리에타는 호기심 어린 노을빛 눈동자로 아젤을 바라보고 있었다.

"당신……."

이윽고 아리에타가 입을 열었다.

"용마인이… 아니네?"

그녀가 고개를 갸웃했다.

용마인은 인간과 다른 신체적 특성이 뚜렷하게 나타난다. 그리고 그 특성이 없다는 것은, 설령 용마족의 혈통이라고 하더라도 그 힘을 잃어버렸다는 것이다.

하지만 아젤에게서는 미약한 용마력의 향취가 느껴진다. 이런 경우는 아리에타가 아는 한 없었다.

"공주님!"

뒤늦게 다른 이들이 놀라서 달려왔다.

하지만 아리에타는 개의치 않고 아젤에게 물었다.

"누구야?"

"여기서 인부로 일하고 있는 아젤 제스트링어입니다, 공주님."

아젤은 상대가 공주라는 점을 감안해서 예의를 갖추어 말해주었다.

아리에타가 눈을 동그랗게 떴다.

"인부?"

"네."

"당신이?"

"네."

"용마력이 있는데? 그런데 막일을?"

"그건 죄송하지만 무슨 말씀을 하시는 건지 잘 모르겠는데요."

아젤은 시미치를 뗐다.

그러면서도 속으로는 놀라고 있었다.

'이 아가씨 마력감지 능력이 완전 개코네. 어떻게 안 거야?'

아젤은 몸 밖으로 흐르는 마력의 흐름을 감춰놓고 있었다. 게다가 힘이 완전히 고갈되었다가 아주 약간 회복되었을 뿐인지라 용마력의 향취는 거의 나지 않을 텐데 아리에타는 그것을 아주 민감하게 잡아낸 것이다.

그때 자일이 다가와서 물었다.

"공주님, 서부 국경수비대 소속 백부장 자일 빈스입니다. 말씀드려도 되겠습니까?"

아리에타의 신분이 신분이니만큼 다른 이들 앞에서 나서는 자일의 태도는 조심스러웠다. 아리에타가 고개를 끄덕였다.

"허락한다."

"이자에게 무슨 일이십니까?"

"용마인인 것 같아서 보고 있었다."

"네?"

"용마력이 느껴지는데… 그런데 용마인이 아니라니 이상

하군."

"으음."

자일이 당황해서 아젤을 바라보았다. 아젤은 그의 눈짓에 자기도 모른다는 표정을 지어주었다.

자일이 말했다.

"그는 며칠 전, 사악한 흑마법사에게 실험을 당하고 풀려난 것을 저희가 구조했습니다. 그때의 충격으로 기억이 불분명해서 자기에 대해서도 잘 모릅니다."

"음?"

그 말에 아리에타가 놀랐다.

"이 숲에 흑마법사가 있는가?"

"그건 아직 확실히 모릅니다."

아젤의 말을 들은 자일은 정찰대에게 흑마법사의 흔적이 있나 조사할 것을 명령했다. 하지만 아직은 이렇다 할 정보가 없었다.

이 숲에 마물이 있는 거야 당연한 일이지만 그들과 동조하는 마법사가 있다면 그건 문제가 크다. 만약 용마족이라면 보통 심각한 문제가 아니다.

아리에타가 의심스러운 눈으로 아젤을 바라보았다.

"흠……."

"공주님께서 믿기 어려워하시는 것도 당연합니다. 하지만 그는 처음 발견되었을 때 정말 처참한 몰골이었습니다."

자일이 아젤을 변호했다. 아리에타는 잠시 아젤을 바라보다가 말했다.

"자일 백부장, 당신이 나중에 내게 이 사람을 데려와라."

"알겠습니다."

자일이 고개를 숙이자 아리에타가 돌아섰다.

아젤이 속으로 투덜거렸다.

'골치 아프게 됐는데, 이거.'

용마공주 아리에타, 그녀는 아젤로서는 달갑지 않은 존재였다.

8

그 후 아리에타는 유적 조사에 동행했다. 사실 그녀가 온 이후는 어디까지나 이 일을 왕가에서 중요하게 생각하고 있다는 상징성이었기 때문에 여기에서 할 일은 없었지만 말이다.

소식을 들은 릭이 휘파람을 불었다.

"아젤, 용마공주님한테 뜨거운 눈길을 받았다며?"

"…그걸 어떻게 하면 그런 식으로 표현할 수 있지?"

"다들 그 일로 떠들썩해. 무슨 일인지 궁금해하는데?"

"음. 나도 잘 모르겠어. 갑자기 다가오더니 내가 용마인이냐고 묻던데?"

"어딜 봐서 그렇게 보였던 거야?"

릭이 어이없어했다. 치유술사인 그는 용마인의 특성에 대해서도 뚜렷하게 알고 있었다.

아젤이 어깨를 으쓱했다.

"글쎄? 용마공주님만 알아볼 수 있는 뭔가가 있었나 보지. 근데 긴가민가하더라고."

"흠……."

"하여튼 난감하네. 별로 주목받고 싶지 않은데."

"당신이 그런 말을 하면 안 되지."

릭이 어이없다는 듯 웃었다.

그도 그럴 것이 아젤은 지금까지 이곳에서 모르는 이가 없을 정도로 주목을 받았다. 처음 발견됐을 때의 일도 그렇고, 그 후에 며칠 동안 보여준 극적인 변화는 사악한 마법이 아닌가 다들 의심했을 정도니…….

아젤이 쓴웃음을 지었다.

"그러게."

이럴 줄 알았다면 몸을 회복하는 건 좀 더 천천히 할 것을 그랬다.

'너무 서두르긴 했군.'

하지만 아젤은 조급해할 수밖에 없는 상황이었다. 몸 상태가 워낙 엉망이었고 홀로 아무것도 모르는 채 머나먼 시대에 내던져진 것이다. 그러다 보니 무조건 스스로를 지킬 힘을 회복해야 한다는 강박관념에 휘둘릴 수밖에 없었다.

그 결과 지금의 아젤은 겉으로는 상당히 튼튼해 보인다. 180센티의 키에 살이 적당히 올랐고 며칠간의 단련으로 팔에 각이 잡히기 시작할 정도였으니…….

외모도 머리가 거칠게 자라고, 수염도 깎지 않아서 지저분해 보여서 그렇지 호감 가는 인상이었다. 일부러 그런 상태를 고수하고 있을 뿐, 때 빼고 광내면 아젤도 키 크고 잘생긴 청년이다.

릭이 말했다.

"어쨌든 이게 좋은 기회가 될 수도 있지 않을까?"

"좋은 기회라니?"

"모처럼 용마공주님이 눈길을 주신 거잖아. 가서 잘 보이면 혹시 시종이라도 될 수 있겠지."

"왕실 시종이라니, 그런 건 사양하고 싶은데."

"자기가 누군지도 모르면서 배부른 소리 하기는."

릭이 던진 말에 아젤은 쓴웃음을 지었다.

그때였다.

"음?"

아젤은 감각을 자극하는 불길한 울림에 막사 밖으로 뛰쳐나갔다. 릭이 당황해서 물었다.

"갑자기 왜 그래?"

"릭."

"응?"

"주변에 알려."

"뭘?"

"적군, 아마도 마물들이 온다. 그것도 엄청난 숫자야."

"그게 무슨 소리야?"

릭이 당황했다. 이 유적 발굴지 주변에는 많은 병력이 경계를 서고 있다. 발란 숲의 마물들을 상대하는 데 이골이 난 그들에게서 아무런 소식도 없었는데 무슨 말을 하는 것인가?

아젤이 몸을 낮추어서 땅을 짚으면서 말했다.

"땅이 울리고 있어."

"무슨 소리야?"

"다수가 모여서 한 방향으로 진군할 때만 이런 식으로 울리지."

용마전쟁을 겪은 아젤은 적의 움직임을 감지하는 수많은 방법을 알고 있었다. 그중에는 이 진동에 의한 구분과, 또 한 가지…….

"그리고 마법으로 모습을 감추고, 소리를 차단하고, 마력 파동마저 감췄지만 군념(群念)을 숨기는 건 잊었군. 아니, 어쩌면 그래야 한다는 걸 모르는 건가?"

아젤이 먼 곳을 바라보며 말했다.

스피릿 오더를 극한까지 연마한 그에게는 보인다. 수많은 마물이 모여서 내뿜는 의념의 소용돌이가.

사고능력을 가진 모든 존재는 의념을 발한다. 그것은 개개인일 때는 자연계의 온갖 기운에 감춰져서 드러나지 않지만 많은 숫자가 모여 있을 때는 뚜렷한 존재감을 갖게 된다.

그것이 바로 군념.

아젤의 시대에 기습을 가하려면 군념을 감추는 것은 상식이었다. 하지만 이 시대에는 아닌 것 같았다. 그것은 아마 군념을 알아보는 기술을 가진 자가 없거나 드물기 때문일 터.

쉬이이이이…….

그때 숲 저편에서 섬광의 구체가 날아올랐다. 대낮이라 흐릿해 보이지만 그것은 분명 마법의 섬광이었다.

콰과광!

포물선을 그리며 날아든 섬광의 구체가 야영지 한복판에 떨어져서 폭발했다.

그것을 시작으로 곳곳에서 섬광이 날아들었다. 인부들이 비명을 지르면서 달아나고 병사들은 비상이 걸렸다.

"적습이다!"

"마법사가 있다!"

그리고 저편에서 마물의 군세가 모습을 드러냈다. 괴성을 지르는 마물들이 달려오니 흙먼지가 자욱하게 일었다.

쉬이이잉……!

그리고 또다시 섬광의 구체가 날아올랐다. 그런데 화살보다 몇 배는 빠르게 날아든 그것이 야영지에 작렬하는 순간이었다.

퍼엉!

허공에 나타난 뭔가에 가로막혀서 폭발한다. 그 폭발은 원래 그 구체가 가졌던 파괴력에 비하면 미약하기 그지없었다.

그 폭발 너머에서 긴 백발을 휘날리는 소녀가 모습을 드러냈다.

허공에서 멈춰 선 그녀를 본 이들이 놀라서 외쳤다.

"용마공주!"

그리고 지상에서는 아젤이 움직이기 시작했다.

"그럼 전면은 저 아가씨에게 맡겨두기로 하고… 나도 밥값을 좀 해볼까? 릭!"

"왜?"

"이거 받아."

아젤은 웬 나무토막 하나를 릭에게 건네주었다. 릭이 어리둥절해하며 물었다.

"뭐야?"

"당신을 지켜줄 수호물. 잃어버리면 안 돼. 그거 갖고 숨어있어. 부상자 치료해 줄 당신이 다치면 뒷감당이 안 되니까."

그렇게 말한 아젤은 자욱하게 피어오르는 흙먼지 속으로 뛰쳐나갔다.

CHAPTER **03**

용 그림자

魔展
龍劍

1

유적 발굴 현장은 삽시간에 아비규환으로 변했다.

최초의 기습으로 인해서 수십 명의 목숨이 날아갔다. 그만큼 무방비 상태에서 강력한 마법이 연달아 작렬한 피해가 컸다.

그리고 그렇게 일어난 혼란의 한가운데로 감쪽같이 모습을 감추고 있던 마물들이 쏟아져 들어왔다.

비교적 지성이 높고 통솔되는 오크 무리를 중심으로 트롤, 오우거 같은 인간형 대형종에 블러드 울프나 그레이 베어 같은 마수형도 다수 포함되어 있었다.

이렇게 되자 대혼란이 펼쳐졌다. 우왕좌왕하던 병사들은

제대로 대응도 못하고 마물들에게 쓸리면서 엄청난 피해가 추가로 발생했다.

여기서 아리에타가 나섰다.

검신이 비스듬하게 휘어진 새하얀 검을 든 그녀가 마물들 앞을 가로막고 발을 굴렀다.

"명하노라! 대지여, 일어나 휩쓸라!"

콰콰콰콰콰!

그러자 그녀 앞의 땅이 뒤집어지면서 그 앞에 있던 마물들을 파묻어 버렸다.

몰아치는 흙의 파도 위로 아리에타가 뛰어 올라갔다. 그리고 검을 하늘로 향하며 외쳤다.

"돌의 비여, 쏟아져라!"

그러자 흙의 파도 속에서 무수한 돌이 허공으로 날아오르더니 비처럼 쏟아져 내렸다.

아리에타의 마력으로 가속이 붙은 그것들은 마물들의 몸을 무자비하게 관통해 버렸다.

그 직후 아리에타가 허공에서 춤추듯이 몸을 회전시키며 검을 휘둘렀다.

"사특한 어둠이여, 갈라져라!"

검의 궤적을 따라서 새하얀 섬광이 뿜어져 나왔다. 그것이 전방 30미터 앞까지를 가르고 지나가고……

푸화아아아악!

그곳에 있던 마물들이 일제히 피를 뿌리며 쓰러졌다. 한 박자 늦게 나무들이 잘려서 넘어진다.

그것으로 인간들의 혼란을 찔렀던 마물들의 기세가 단숨에 꺾였다.

아리에타가 외쳤다.

"지휘관들! 전열을 정비하라!"

그 말에 지휘관들이 정신을 차리고 병력을 수습하기 시작했다.

아리에타는 그들의 반응을 보고 또다시 대규모의 공격을 퍼부으려고 했다. 그러나 그때 검은 어둠의 응집체가 꿈틀거리며 날아들었다.

콰콰콰콰콰!

아리에타가 새하얀 검을 휘둘러 그것을 막아내자 어둠이 파편이 되어 흩어졌다. 무수한 거머리 같은 그 파편들이 주변에 닿자 치이익, 하고 연기와 악취가 피어올랐다.

그때였다.

짝짝짝짝짝…….

전장 한복판에 전혀 어울리지 않는 박수 소리가 울려 퍼졌다.

자욱하게 피어오른 폭연 사이로 한 사람이 걸어 나온다. 새카만 로브를 걸치고, 후드 아래 마법의 어둠을 베일처럼 둘러써서 얼굴을 감춘 그가 말했다.

"과연 용마공주. 소녀라고는 믿을 수 없을 정도로 용맹하군요. 태어날 때부터 전장을 질타했다고 하더라도 믿었을 겁니다."

"너는 누구냐? 보아하니 용마인이로군."

"그렇습니다. 당신에 비하면 잡종일 뿐이지만."

남자는 귀족식으로 우아하게 몸을 숙여 보였다. 그의 손등에는 아리에타와 마찬가지로 용의 눈동자를 닮은 보석, 용마석이 박혀 있었는데 탁한 녹색을 띠고 있었다.

용마석을 드러내고 있는 것은 그가 용마인임을 감출 생각이 없다는 증거였다.

전신에서 강력한 마력 파동을 뿜어내고 있는 그를 잠시 바라보던 아리에타가 재차 추궁했다.

"다시 묻겠다. 너는 누구냐?"

"대답해 드릴 수 없어서 유감입니다."

"그렇다면……."

아리에타의 눈이 치켜떠졌다. 동시에 그녀를 중심으로 반투명한 빛의 파동이 퍼져 나가면서 긴 백발이 허공에 나부꼈다.

"더 이상 묻지 않겠다."

그녀가 검을 앞으로 겨누며 외쳤다.

"발하노라, 용의 분노!"

퍼어어어엉!

투명한 힘의 파랑이 공간을 격렬하게 뒤틀면서 달려나갔다.

미처 피할 새도 없는 일격이었다. 후드를 눌러쓴 남자가 반응했을 때는 음속을 초월하는 속도로 앞을 가로막는 모든 것이 꿰뚫렸다.

쿠구구구구구……!

뒤늦게 그 궤적으로 공기가 빨려 들어가면서 광풍이 휘몰아치고 흙먼지가 자욱하게 휘몰아쳤다.

잠시 전장에 정적이 내려앉았다. 한 사람이 발하는 힘이라고 하기에는 자연재해에 가까운 파괴력에 인간도, 마물도 모두 질려 버렸다.

펄럭……!

그 정적을 깬 것은 아리에타의 하얀 코트 자락이 휘날리는 소리였다. 그녀는 의연한 얼굴로 돌아섰다.

그런데 그때였다.

"공주님, 아직 안 끝났어!"

다급한 외침이 아리에타의 발걸음을 붙잡았다. 그녀가 존대하는 법이 엉망으로 꼬여 있는 그 경고에 의아함을 느끼는 순간, 땅 밑에서 새카만 칼날이 치솟았다.

채앵!

완전히 의표를 찌른 기습은 아리에타의 몸통 바로 앞에서 막혔다. 하지만 그 공격을 막아낸 것은 아리에타가 아니었다.

"아슬아슬했군."

거칠게 자라난 붉은 머리칼, 그리고 수염을 지저분하게 기른 푸른 눈동자의 남자였다. 그는 절묘한 타이밍에 끼어들어서 아리에타를 노린 기습을 막아냈다.

"아젤 제스트링어?"

아리에타가 놀라서 그의 이름을 입에 담았다.

그는 아젤이었다. 아젤은 그런 공주에게 씩 웃어 보이고는 말했다.

"공주님, 죄송합니다만……."

"응?"

"이거 좀 치워주지 않겠습니까? 제가 별로 힘이 없어서 버티기 힘들군요."

검은 칼날을 막고 있는 아젤의 팔이 부들부들 떨리고 있었다. 기습은 막았지만 밀고 올라오는 힘을 억누르기가 힘들었던 것이다.

상황을 파악한 아리에타는 곧바로 대응했다.

"땅이여, 뒤집어져라!"

쿠과아아아아!

지면이 통째로 뒤집어지면서 대량의 토사가 사방으로 흩날렸다.

그 속에서 새카만 로브를 입은 자가 튀어나왔다. 아까 전, 아리에타와 대치했던 용마인이었다.

아리에타가 의아해했다.

"그 순간에 피했단 말인가?"

"저도 용마인이라 한 수 재간은 있어서 말이죠."

남자가 어깨를 으쓱했다.

아젤이 혀를 찼다.

"순진한 공주님에게 그런 수법 갖고 잘난 척하면 쪽팔리지 않나?"

"뭐라고?"

"고작해야 환영으로 눈속임을 하고 땅으로 파고든 것뿐이잖아. 땅속을 자유자재로 유영하는 기술은 제법이군."

"……"

그 말에 남자가 움찔했다. 얼굴이 보이지는 않지만 동요했음을 아젤은 민감하게 알아챘다. 아젤이 히죽 웃으며 도발했다.

"어디의 누구인지는 모르겠지만… 잔재주를 믿고 으스대는 건 좋지 않아."

"허약한 놈이 눈썰미가 좀 좋은 걸 믿고 함부로 지껄이는구나."

그가 말하는 것과 동시에 아젤이 뒤로 훌쩍 뛰었다. 그러자 지면을 뚫고 검은 칼날들이 솟구쳤다.

조금 전, 아리에타를 급습했던 것도 이것도 남자가 마법으로 만들어낸 칼날이었다.

"기습밖에 할 줄 아는 게 없나?"

아젤이 코웃음을 쳤다. 정신을 집중한 그의 영맥이 맥동했다.

두근!

심장이 뛴다.

그 진동이 생명의 고리로 전해져서 공명한다. 영맥을 따라 순환하던 마력이 생명의 고리와 연동해서 증폭하고, 그 과정에서 발생한 진동이 핏줄의 맥동과 전신 근육의 꿈틀거림을 만나 더욱더 증폭되면서 생명의 고리로 돌아와 한 차례 폭발한다.

이 모든 것이 진행된 시간은 심장이 한 번 박동하는 찰나.

두 번째 박동이 시작되기 전, 아젤은 이미 마력을 최대 출력을 끌어올리고 있었다.

"흡!"

아젤의 몸이 화살처럼 쏘아져 나갔다.

방금 전의 움직임도 날렵했지만, 지금 것은 차원이 다르다.

아까 전에 아리에타가 썼던 순동법이었다. 한순간 화살보다도 빠르게 가속해서 수십 미터 앞쪽에 나타나더니 그대로 땅을 박차고 비스듬하게 뛴다. 그리고 다시 나뭇가지를 밟고 허공으로 높이 날아올랐다.

그것을 본 남자가 비웃었다.

"어리석군!"

아젤이 스피릿 오더 수련자라는 것은 한눈에 파악했다. 그리고 지닌 마력이 별 볼 일 없다는 것까지도.

지금 움직임은 확실히 의표를 찌를 정도로 빨랐지만 그뿐이다.

허공으로 솟구친 이상 마법사인 그에게 요리해 달라고 애원하는 거나 다름없다.

그렇게 생각했다.

푸욱.

"어······?"

그가 놀라서 멈춰 섰다. 허공으로 솟구친 아젤을 공격하려는 순간, 뭔가 날카로운 것이 몸을 찔렀기 때문이다.

"이건 무슨······!"

단검이 그의 복부를 관통하고 있었다. 아리에타가 움직인 것인가? 당황해서 상황을 잊고 그녀를 바라보았지만 그녀도 놀란 표정을 짓고 있을 뿐이다.

그리고······.

"하아아아!"

아젤의 기합과 함께 그의 흐트러진 정신 방벽을 뚫고 격렬한 의념의 파동이 작렬했다.

그것은 마치 초식동물을 압도하는 사자의 포효와도 같았다. 단순히 우렁차기만 한 외침이 아니라, 그 속에 실린 의념의 힘이 노도처럼 정신을 강타했다.

일순간 사고가 흩어진다. 연속되던 사고가 끊어지면서 치명적인 허점이 발생했다.

콰하핫!

그리고 허공에서 떨어져 내린 아젤이 그 틈을 놓치지 않고 남자의 얼굴에 검을 내려쳤다.

2

"큭……."

착지해서 남자를 지나친 아젤이 표정을 일그러뜨렸다. 검이 깨끗하게 부러져 버렸기 때문이다.

"이래서 오크들이 쓰는 검 따위는 쓸 게 못된다니까."

아젤은 투덜거리면서 부러진 검을 던져 버렸다. 그는 혼전 중에 적 오크 하나를 맨손으로 때려잡고 무기를 빼앗았던 것이다.

"역시 동료가 있었군그래."

아젤은 검을 잃었음에도 전혀 위축되는 기색 없이 말했다.

그의 시선이 향한 곳에는 또 한 사람이 있었다. 유령처럼 그곳에 나타난 그는, 처음 나타난 남자와 마찬가지로 새카만 로브를 걸치고 후드 아래 마법의 어둠을 베일처럼 드리워서 얼굴을 가린 자였다.

그 손등에도 탁한 푸른빛을 띤 용마석이 박혀 있어서 용마
인임을 알 수 있었다.

"제법이군."

어둠의 베일 속에서 흘러나온 것은 심하게 쉬어버린 여성
의 목소리였다.

"크윽……!"

그녀의 옆에서 남자가 고통스럽게 신음했다. 복부에는 칼
이 박혀 있고, 얼굴을 가린 어둠의 베일은 길게 찢겨져 나갔
다.

아젤은 속으로 아쉬워했다.

'조금만 빨랐어도 끝장낼 수 있었는데.'

아젤의 검격이 내리꽂히기 직전, 적 여자가 남자에게 수호
의 마법을 걸었다. 아직 마력이 보잘것없는 아젤은 그 방어를
뚫지 못하고 검이 부러지고 말았다.

하지만 남자에게 타격이 없었던 것은 아니다. 어둠의 베일
이 찢겨 나가면서 얼굴에도 긴 상처가 생겨서 피가 흐르고 있
었다.

"이 자식, 하찮은 인간 주제에 감히……!"

"그건 용마족이 입에 올릴 법한 대사로군. 용마인이 할 만
한 대사는 아닌 것 같지만."

아젤이 코웃음을 쳤다.

용마전쟁 때 용마족에게 귀에 못이 박히도록 들은 대사다. 용마왕 아테인이 용마족이 지배하는 세상을 만들려 했던 것에도 알 수 있듯 그들은 자신들이 지상에서 가장 우월한 존재라고 믿었다.

하지만 용마인에게 같은 말을 들으니 기분이 새로웠다. 설마 이 시대에는 용마인도 옛날의 용마족처럼 우월감에 사로잡혀 있단 말인가?

"죽여 버리겠다⋯⋯!"

"그만."

그때 여자가 손을 들어 그를 제지했다. 광분하던 남자가 거짓말처럼 행동을 멈췄다.

기분 나쁠 정도로 침착한 그녀를 보면서 아젤이 불쑥 내뱉었다.

"넷, 아니⋯ 다섯인가?"

"⋯⋯."

"맞지요, 공주님?"

"모르겠다."

아리에타가 대답했다. 그녀는 표정을 굳힌 채 식은땀을 흘리고 있었다.

강력한 존재들이 보이지 않는 곳에 숨어서 그녀를 견제하고 있다. 하나하나는 그녀보다 못할지 모르나, 수가 많아서 과연 감당할 수 있을지 확신이 안 서는 상태다.

아젤은 그 보이지 않는 대치를 눈치채고 있었다. 그래서 자신이 싸우는 동안 그녀가 가만히 있어도 아무 말도 하지 않은 것이다.

여자가 말했다.

"놀랍군. 우리의 기척을 알아차렸나?"

"용마력을 감춘 건 제법 훌륭했어. 공주님도 처음에는 그래서 몰랐을걸."

"어떻게 알았지?"

"밑천을 밝힐 이유는 없는데."

아젤이 사납게 웃었다.

싸울 때 자신의 정보를 적에게 주절거리는 것은 바보짓이다. 자신의 전력에 대한 것은 아무리 쓸모없어 보이는 것이라도 감추는 것이 살아남는 데 도움이 된다.

여자가 말했다.

"얄미운 남자군. 스피릿 오더 수련자인데도 마치 마법사 같아."

그녀가 남자의 복부에 꽂힌 검을 바라보며 말했다. 이 검이 도대체 어떤 수법으로 남자를 찌른 것인지, 찔린 본인도 여자도 파악하지 못하고 있었다.

물론 공격한 장본인인 아젤은 안다. 아주 간단한 속임수였다.

한순간에 힘을 폭발시켜서 적의 주의가 거기에 쏠리고 만들고, 갑작스럽게 가속하면서 현란한 움직임으로 혼란을 준다. 그리고 맨 처음 뛰쳐나감과 동시에 날린 은닉술로 모습을 감춘 칼날이 전혀 인식하지 못하는 사이에 적을 찌른다.

힘의 강약과는 상관없다. 적의 감각을 농락한 것도, 은닉술을 사용하는 것을 눈치채지 못하도록 한 채 던지는 동작을 다른 동작 속에 섞어 넣어서 감춘 것도 무섭도록 세련된 기술이다.

아젤은 속으로 상황을 판단했다.

'이 정도 기량을 가진 상대가 다섯이라. 전부 상대하는 건 아무리 생각해도 무리다.'

예전의 그라면 이 정도 상황은 웃으면서 헤쳐 나갔을 것이다.

그러나 지금의 그는 허약하기 짝이 없다. 방금 전에는 방심한 적의 의표를 찔러서 한 방 먹였지만 제대로 붙는다면 승산이 없으리라.

'한숨이 나오는군. 갑자기 이런 일이 벌어지다니. 220년이나 자고 일어났으면 좀 평온한 나날이 기다리고 있어야 할 것 아닌가.'

아젤은 자신의 운명을 한탄했다. 220년 전, 용마전쟁이 세상을 뒤흔들었을 때 그는 어린 시절부터 목숨을 걸고 싸워야 했다. 언젠가 이 싸움을 끝내고 평온한 나날을 맞이하겠다는 일념으로 시체의 산을 쌓고 피로 강을 만들어가면서 앞으로 나아갔다.

그러나 그 끝에 기다리고 있던 것은 평온이 아니라 절망이었다. 그 절망에서 벗어나기 위해 도박을 감행했건만, 그 대가는 자신이 기억하던 세상에서 버림받아 머나먼 미래로 유배된 신세였다.

여기까지만 해도 스스로가 불쌍해서 눈물이 날 지경이거늘, 얼마나 됐다고 이런 시련이 닥쳐오는가.

그때 여자가 말했다.

"일단은 물러나도록 하지."

"다 잡아놓고 물러나자고?"

"그 꼴을 당해놓고 그런 말이 나오나?"

"큭……!"

싸늘한 여자의 말은 남자의 입을 막아버렸다.

여자가 말했다.

"사냥할 때는 여유를 가져야 한다. 적의 전력이 미지수라면, 파악할 때까지 괴롭혀 주면 되겠지."

물러나려던 그녀에게 아젤이 물었다.

"어이, 아가씨."

"…아가씨?"

여자는 퍽 해괴한 말을 들었다는 듯 중얼거렸다.

아젤이 물었다.

"아줌마 쪽이 낫나?"

"아니, 그보다는 아가씨가 마음에 드는군."

"그럼 아줌마라고 부르지."

"……."

"적이 좋아하는 대로 해줄 이유가 없잖아?"

"정말로 얄미운 남자로군. 이 정도로 내 인내심을 시험하는 작자는 오랜만이야."

여자의 쉬어버린 목소리는 여전히 차분했지만, 그녀가 발하는 마력 파동이 거세어졌다. 일반인이라면 숨 막힐 듯한 압박감에 괴로워했겠지만 아젤은 피식 웃었다.

"아줌마라고 불리는 게 싫다면 이름 정도는 알려주지 그래?"

"……."

"밝히기에는 너무 유명한 이름이라서 안 되나? 하긴, 정체가 드러날까 봐 얼굴을 가리고 다닐 정도라면……."

"레지나."

여자가 쉬어버린 목소리로 말했다.

"용 그림자의 레지나다. 세상에서는 잊힌 이름이니 단서를 찾아봤자 소용없을 거다."

"용 그림자라는 건 조직 이름인가 보군."

"그래. 그럼 이제 네 차례군."

"음?"

"이름을 밝혀라."

"댁들과 달리 난 뒤가 구리지 않으니 흔쾌히 알려주지. 아젤 제스트링어다."

"아젤이라……."

레지나가 흥미를 보였다.

"불길한 이름을 가졌군."

"불길하다고?"

"그래. 그 이름을 가진 것만으로도 죽어 마땅할 정도로 불길해."

"알아먹지 못할 소리를 하는군."

"시체가 된 자의 이름을 기억하는 취미는 없지만… 본의 아니게 네 이름은 잊을 수 없겠구나."

그리고 레지나가 모습을 감추었다. 그녀의 뒤를 따라서 모습을 감추려던 남자가 아젤을 노려보며 으르렁거리는 목소리로 말했다.

"나는 용 그림자의 키리온. 기억해 둬라. 네놈을 세상에서 가장 고통스럽게 죽여줄 자의 이름이니."

"기억하기 싫은데 그냥 지금 덤비지? 검도 없이 맨손인 내가 두려운가?"

"……."

키리온은 발끈해서 흉흉한 기세를 뿌려댔지만, 결국 아젤을 공격하지 않고 물러났다.

아젤이 혀를 찼다.

"생각보다 냉정하네. 발끈해서 덤볐으면 끝장낼 수 있었는데……."

아젤이 그렇게 말하며 손을 들어 올렸다. 그것을 본 아리에타가 깜짝 놀랐다.

"그건……."

"응?"

"어디서 검이 튀어나온 것인가?"

아젤은 어느새 멀쩡한 검을 쥐고 있었던 것이다. 아젤이 어깨를 으쓱했다.

"처음부터 있었습니다."

"뭐라고?"

"그냥 감춰놓고 있었을 뿐."

아젤은 처음에 난입하는 순간부터 두 자루의 검을 갖고 있었다. 난전 중에는 무슨 일이 벌어질지 알 수 없기에 적들을 쓰러뜨리고 쓸 만한 무기들을 챙겨 났던 것이다.

한 자루는 난입과 동시에 땅에다가 버려두고, 다른 한 자루와 단검을 써서 키리온을 공격했다. 그리고 검이 부러지자 미련 없이 버리면서 들키지 않게 땅에 놓아 뒀던 검을 주워 들고 은닉술을 걸었다.

레지나와 대화하는 도중에도 전혀 검을 쥐고 있는 티를 안 냈기에 아무도 눈치채지 못했다. 그 속임수를 위해 아젤은 피부에 물체를 흡착시키는 기술까지 쓰고 있었다.

아젤이 말했다.

"그럼 어서 상황을 수습해야……."

하지만 그도 예측하지 못한 일이 벌어졌다. 사방에서 섬광과 뇌격의 구체가 포물선을 그리면서 전장으로 떨어져 내리는 게 아닌가?

"이런!"

꽈과광! 꽈과과과광!

눈이 멀어버릴 듯한 빛이 폭발했다.

3

용마공주 아리에타가 있는 유적 발굴 현장을 급습한 지 한 시간 후.

비밀결사 '용 그림자'의 일원들은 난장판이 된 유적 발굴 현장에 모였다.

그 장소는 무참하게 파괴되어 있었다. 마물들이 혼전을 벌이는 동안 용 그림자의 일원들이 곳곳에 폭발 마법을 설치, 바깥쪽에서 강력한 마법으로 폭격을 가해서 그것을 격발시킴으로써 초토화시켰던 것이다.

그 와중에 마물들도 거의 몰살당하다시피 했지만 이들은 그런 희생은 신경 쓰지 않았다. 애당초 소모품으로 이용해먹기 위해서 제압해서 부린 것이었으니까.

인간과 마물의 시체가 처참한 몰골로 널브러져 있었지만 그것을 신경 쓰는 이는 아무도 없었다. 똑같이 수상쩍은 차림새를 한 다섯 명을 통솔하는 우두머리, 레지나가 쉰 목소리로 물었다.

"용마공주의 위치는?"

"북동쪽 4킬로미터 지점. 지켈이 쫓고 있으니 놓칠 염려는 없어."

"요새로 가기 전에 붙잡아야 한다. 알고 있겠지?"

서부 국경 요새의 전력은 강하다. 용 그림자의 일원들은 개개인이 모두 상당한 힘을 가졌지만 서부 국경 요새는 마물들이 대규모 준동했을 때와, 심지어 용의 습격조차도 대비한 곳이다. 이런 곳을 이 숫자로 어찌해 보는 건 도저히 무리였다.

그렇기에 이들은 애당초 아리에타가 서부 국경 요새로 가기 전에 잡는다는 계획 하에 움직이고 있었다.

"현재 용마공주와 함께하는 인원은?"

"용마공주를 포함해서 네 명. 비전투원도 끼어 있다."

"아젤 제스트링어라는 남자는 어디 있지?"

"그도 용마공주와 함께 움직이고 있다."

"역시 그 정도로 죽진 않았나."

레지나는 그렇게 말하며 후드를 젖혔다. 그러자 얼굴을 가리고 있던 어둠의 베일이 사라지며 맨얼굴이 드러났다.

그녀는 긴 흑발에 차가운 푸른 눈동자를 가진, 날카로운 인상의 여성이었다. 나이는 30대 초반 정도일까? 용마인이라 귀가 약간 뾰족했으며 오른쪽 귀 위로 깃털 장식 같은 검은색 뿔이 나 있다.

"그를 상대할 때는 주의하도록. 웬만하면 가까이 가지 말고 처리해라."

"그 정도로 주의할 필요가 있나? 아무리 봐도 그렇게 강해 보이지는 않던데."

"용마공주와 대치하고 있었을 때, 그는 우리의 숫자를 정확히 파악하고 있었다."

"음?"

다들 동요했다.

그들은 존재를 감추는 것에는 자신이 있었다. 특수한 도구로 용마력을 감춘 채 마법으로 모습과 기척을 감추면 누구도 그들의 존재를 간파할 수 없다.

실제로 이곳에 주둔하고 있던 수백 명의 병력도, 용마공주 아리에타조차도 그들을 눈치채지 못했다. 그런데 아젤은 그들의 존재를 간파했단 말인가?

레지나가 말했다.

"겉으로 드러나는 것만 갖고 바닥을 봤다고 생각하지 않는 게 좋아. 마스터급 스피릿 오더 수련자는 인간을 초월했다고 인식하지 않으면 큰코다친다."

"으음."

"신중하게 사냥해라. 숲 오크들부터 움직여서 차륜전으로 지치게 해. 완전히 녹초가 될 때까지 할퀴고 물어뜯은 다음 용마공주를 제압해서 데려가면 된다. 그분을 실망시키는 일이 없도록……."

그렇게 말한 레지나가 유적 입구로 발걸음을 옮겼다.

한창 발굴 작업이 진행되던 유적 입구는, 용 그림자의 공격으로 인해서 다시 파묻혀 버렸다. 잠시 그곳을 살펴본 레지나가 말했다.

"아무래도 이건 칼로스의 유적이 맞는 것 같다."

"뭐? 정말인가?"

용 그림자의 일원들이 술렁거렸다.

대마법사로 역사에 이름을 남긴 칼로스는, 용 그림자에게는 증오스러운 적이었다. 이들은 인간이 지배하는 세상을 부정하고 용마족을 추종하는 비밀결사이기 때문이다.

레지나가 고개를 끄덕였다.

"아마도. 하지만 내가 이 문제의 전문가는 아니니 정확히 알아볼 필요가 있겠어. 추가 인력을 파견해 달라고 요청해야겠는데… 저들이 전열을 정비하고 다시 나올 때까지 시간 싸움이 되겠군."

"알겠다."

"그럼 다시 사냥을 시작하지."

용 그림자의 일원들은 도망친 아리에타의 뒤를 쫓아서 그 자리를 떠났다.

4

아젤은 쫓기는 상황에 익숙했다.

인간은 늘 용마족과의 싸움에서 수적 열세를 겪어야 했다. 용마족의 수는 적었지만, 그들은 마물과 마수를 복속시켜 군대로 삼았기 때문이다. 흩어져 있을 때는 인간 군대의 힘을 당할 수 없던 마물과 마수는, 용마족에게 지배당하면서 무서운 전력으로 거듭났다.

'이제 와서 또 똑같은 상황을 겪게 될 줄이야.'

자신들을 '용 그림자'라고 밝힌 적들은 아젤로 하여금 220년 전의 용마족을 떠올리게 했다.

'혼자라면 얼마든지 빠져나갈 수 있지만……'

나무 위에서 주변을 살피던 아젤은 아래쪽에 시선을 던졌다.

그곳에는 세 명의 일행이 있었다. 용마공주 아리에타와 그녀의 어린 시녀 에노라, 그리고 아젤이 그 난리통에 구출해 온 릭.

'자일 경은 어떻게 됐는지 모르겠군.'

자일과는 흩어졌다. 죽었는지 살았는지도 확인할 겨를이

없었다.

아젤은 아리에타를 바라보았다.

'너무 무거운 짐을 붙였어.'

사실 아젤은 그녀와 같이 행동할 생각이 없었다. 적들의 목적이 그녀임이 적나라했기 때문이다.

유적 발굴 현장을 탈출할 때 아젤이 정한 우선순위는 릭과 자일이었다. 깨어난 후로 며칠 동안 아젤이 정을 붙인 사람은 그 둘뿐이었으니까. 나머지 사람들은 안타깝지만, 지금의 그가 할 수 있는 일의 한계는 명확했다.

그런데 아리에타가 당연하다는 듯 아젤에게 따라붙었다. 그래서 릭을 데리고 탈출하는 와중에 그녀와 일행이 되어버리고 말았다.

'꼭 상황이 어려운 쪽으로 흘러가는 건… 진짜 내 팔자가 기구해서인가?'

아젤은 한숨을 참으며 나무에서 내려왔다.

그러자 릭이 다가왔다. 그는 아젤의 말대로 잘 숨어 있었는지 멀쩡한 상태였다.

"아젤."

"응?"

"이거 도대체 뭐야?"

릭이 아젤이 주었던 나무토막을 내밀었다. 그리고 이어서 물었다.

"이상하게 사람들이 나를 못 보고 지나쳤어. 적들도. 처음에는 난리통이라 그런가 보다 했는데… 이거에서 마력이 느껴지더군. 네가 여기다가 뭔가를 한 거야?"

"은닉술을 걸었어. 내 마력이 적어서 효과가 오래 가진 못하지만, 릭 당신이 눈에 띄려고 소리 지르고 펄쩍펄쩍 뛰지 않는 한 다들 신경 쓰지 못했을 거야."

그것이 아젤이 굳이 릭에게 그 나무토막을 건네준 이유였다. 또한 자신의 마력이 담긴 물건이기에 혼란 중에 릭을 찾을 때도 표식이 되어주었다.

릭이 놀라서 물었다.

"스피릿 오더로 그런 일도 할 수 있나?"

"할 수 있지."

"처음 들어. 당신은 도대체……."

일반적으로 스피릿 오더는 무예의 연장선상에 있는 초인술로 여겨진다. 사람들은 스피릿 오더 수련자가 보이는 초인적인 신체 능력과 초감각만을 알고 그 진수에 대해서는 잘 모른다.

그러나 그 본질은 인간이 용마족으로부터 훔쳐낸 비술, 마법의 또 다른 모습이다. 그것도 의념을 다루어 정신에 영향을 끼치는 데는 마법보다도 뛰어나다.

아젤은 과거에 용마족과 상대하기 위해 온갖 스피릿 오더의 비기를 터득했으며 그 모든 것을 활용해서 싸웠다. 비록 지금 모든 힘을 잃어버렸다고 하나 기술이 어디 가는 것은 아니다.

혼란스러워하던 릭이 말했다.

"아니, 그런 걸 따지고 있을 때가 아니지. 고맙다."

아젤이 아니었으면 그는 그 난리통에 죽었으리라. 릭은 솔직하게 감사를 표했다.

씩 웃어 보인 아젤이 문득 아리에타를 불렀다.

"공주님."

"무슨 일인가?"

아젤은 공주라는 신분을 앞에 두고도 전혀 주눅 드는 기색 없이 물었다. 딱딱한 성격이라면 '감히' 낮은 신분의 인간이 허락도 받지 않고 말을 걸어오는 것을 거슬러할 만도 하건만, 아리에타는 별 반감 없이 그의 태도를 받아들였다.

아젤이 말했다.

"용 그림자라는 조직이 공주님을 노리고 있는 건 분명합니다."

"그 점은 나도 동의한다. 저들은 처음부터 나를 노리고 공격해 왔지."

"제가 보기에는 공주님을 산 채로 납치하는 것을 목적으로 하고 있는 것 같군요. 혹시 적들이 왜 공주님을 원하는지 짐작 가는 바가 있으십니까?"

"없다. 용 그림자라는 조직에 대해서도 들어본 바 없고."

"원한 관계일 가능성은 없습니까?"

"모르겠다. 나는 성인식을 치른 이후 지금까지 왕실의 명을 받아 백성을 위해 싸웠다. 전장에서 인간과 싸워 죽인 적도 있지만, 글쎄, 그게 저런 수상쩍은 자들과의 원한으로 이어질 것으로는 보이지 않는다."

"그렇군요."

눈살을 찌푸리는 아젤에게 아리에타가 물었다.

"나도 한 가지 물어도 되겠는가?"

"네."

"그대의 말을 들어보니, 저들은 그대와 원한 관계에 있다는 사악한 마법사들은 아닌 모양이군."

"아마도 그렇지 않을까요?"

"왜 의문형인가?"

"저도 그들에 대해서 기억하고 있는 게 별로 없으니까요. 저에 대해서 다른 사람에게 들으셨는지 모르겠습니다만……."

"기억을 많은 부분 잃었고 최근 몇 년간의 기억은 거의 없다시피 하다… 고는 들었다만."

"맞습니다."

"믿기 어려운 이야기로군. 하지만 지금 따질 문제는 아닐 터."

아리에타는 고개를 저어 의문을 털어내고는 말을 이었다.

아니, 그러려고 했다.

갑자기 아젤이 눈살을 찌푸리며 숲 한쪽을 바라보았다. 그리고 몸을 일으키며 말했다.

"죄송하지만 이야기는 뒤로 미루지요. 다들 이동해야겠습니다."

"뭐라고?"

"적이 오고 있습니다."

"어떻게 알지?"

아리에타가 물었다. 용마인인 그녀는 일반인과는 비교할 수 없을 정도로 감각이 발달해 있다. 하지만 그녀도 전혀 다수의 적이 접근하는 기색을 느끼지 못했다.

아젤이 말했다.

"그냥 압니다. 마법으로 소리를 감추고 있는 것 같군요."

아젤은 설명하기도 귀찮고 여유도 없어서 그렇게만 말했다. 아리에타도 캐묻지 않았다.

"알겠다."

"그럼 이동하지요."

앞장서서 걷기 시작한 아젤이 속으로 투덜거렸다.

'골치 아픈 일에 말려들었군. 이제 와서 버리고 갈 수도 없고⋯⋯.'

5

하지만 결론적으로 아젤 일행이 적의 추적을 뿌리치고 도망치는 건 무리였다.

적들은 마치 일행이 어떤 길로 어떻게 이동하는지를 속속들이 알고 있는 것처럼 추적해 왔다. 게다가 일행보다 훨씬 이동속도가 빨랐다.

점점 적들이 다가오는 것을 감지한 아젤이 혀를 찼다.

'역시 뿌리치는 건 무리군.'

아젤과 아리에타만이라면 순식간에 이 자리를 벗어날 수 있으리라. 하지만 일행 중에는 릭과 에노라가 있었다.

적들과의 거리가 100미터까지 줄어들자 아리에타도 그들의 존재를 감지했다.

"정말로 오고 있군. 그대의 말대로 소리를 감춘 채다. 마법사가 있는 게 분명한데… 꽤나 스스로를 감추는 재주가 탁월한 놈이로고."

"그놈이라면 슬슬 알 것 같습니다."

"음?"

"지금 다가오는 적들과는 다른 방향에서 우리를 관찰하고 있어요. 제 뒤통수 쪽에 시선을 두고 있군요. 그 점을 감안해서 입모양을 들키지 않도록 조심하시길."

"그건 어째서?"

"무슨 대화를 하고 있는지 정보를 주지 않는 편이 나으니까요."

"흠……."

아리에타가 놀란 표정을 지었다. 마법으로 관측하는 상대가 입모양으로 이쪽에서 무슨 대화를 하는지 알아차리는 것을 조심한다니, 생각도 못해 본 일이다.

새삼 눈앞에 있는 남자의 정체가 궁금해졌다. 어떤 배경을 가진 남자이기에 이런 상황에서 이렇게 행동할 수 있는가?

아젤이 말했다.

"다른 녀석들은 아직 제가 감지할 수 있는 거리로는 들어오지 않았습니다. 혹은 이쪽에 시선을 두지 않고 있거나……."

아젤의 시대에 자신을 향한 '시선'으로 장거리에 있는 적의 존재를 알아차리는 것은 필수적으로 터득해야 할 기술이었다. 용마족들은 화살이 닿는 것보다 훨씬 먼 거리에서 인간을 관측하고, 정보를 얻고, 심지어 마법으로 저격까지 해왔기 때문이다.

당시의 그였다면 훨씬 쉽게 상대의 존재를 잡아낼 수 있었으리라. 그러나 마력이 워낙 적어서 자신의 감각이 잡아내고 있는 위화감의 정체를 구체화할 기술을 쓸 수가 없었다.

'답답해 죽겠군, 진짜.'

불리한 상황에서 싸우는 것은 익숙했다. 그렇기에 지금도 동요하지 않고 자신의 능력을 냉정하게 파악하고 활로를 찾아왔다.

하지만 목숨이 위험한 상황이고 보면 역시나 예전 자신이 가졌던 힘이 그리워지는 것은 어쩔 수 없다. 아젤은 쓴웃음을 지었다.

"릭."

"응?"

"지금까지처럼 이동할 경우, 요새까진 얼마나 걸릴까?"

"그, 글쎄?"

릭이 당황했다.

앞장서서 이동하고 있기는 했지만 아젤은 목적지인 서부 국경 요새의 위치를 몰랐다. 일행 중에서 위치를 알고 있을 만한 사람은 릭이 유일했다.

릭이 기어들어 가는 목소리로 말했다.

"나도 잘 모르겠는데……"

"여기서 2년이나 근무했다더니만 그것도 몰라?"

"난 치유술사라 요새 밖으로 나온 게 이번이 처음이었다고."

"자랑할 일이 아닌 것 같은데?"

"끄응……"

아젤이 쏘아주자 릭이 기가 죽었다. 하지만 그는 곧 한 가지 중요한 사실을 깨달았다.

"잠깐. 그럼 넌 요새가 어디 있는지도 모르고 무작정 숲을 헤매고 있었단 말이야?"

"일단은 그 자리를 벗어나는 게 중요했으니까. 지금까지야 그걸 따질 겨를이 없었지."

"하긴 그렇군."

"릭, 당신이 지리를 알고 있었다면 좋았겠지만… 난감하군. 무조건 동쪽으로 가봐야 하나?"

그때 아리에타가 말했다.

"서부 국경 요새라면 내가 알고 있다."

"네?"

"요새에 들렀을 때 기억해 두었다. 나도 멀리보기 기술 정도는 쓸 수 있으니 방향 정도는 잃지 않고 잡을 수 있을 것이다."

"그렇다면 방향 안내를 부탁드리겠습니다. 저는 거기에 가본 적이 없는지라."

"알겠다. 그런데 문제가 하나 있다."

"무엇입니까?"

"적들이 다가오는 방향이다."

하필이면 일행을 향해 다가오는 적들은 요새 방향에서 오고 있었다. 그래서 일행은 어쩔 수 없이 가장 가까운 길을 포기하고 크게 우회해야 했다.

그런데도 결국 적을 뿌리치지 못하고 교전을 벌이게 되었다.

"캬아아아!"

어느 순간, 나무들 사이에서 적이 괴성을 지르면서 튀어나왔다. 소리를 감추는 마법 때문에 지척까지 오는데도 아무런 소리가 안 났는지라 꽤나 충격이 컸다.

"숲 오크로군."

물론 아젤이나 아리에타는 전혀 동요하지 않았다.

오크는 가장 대표적인 인간형 마물이다. 몸의 윤곽은 인간과 닮았지만 피부색이 명확히 다르고 얼굴은 악귀 같은 형상이며 엄니가 입 밖으로 튀어나와 있다. 또한 평균 신장이 인간보다 크고 전신이 근육질이라 평균적인 전투 능력은 인간보다 위였다.

숲 오크들은 검녹색 피부에 황야나 초원의 오크들에 비해 체구가 작은 편이었다. 육체적으로는 다른 오크들보다 약하지만 대신 숲 속에서 기민하게 움직인다.

"차라리 잘됐어!"

아젤이 그렇게 말하면서 제일 먼저 뛰어든 놈을 요격했다. 내리치는 검을 가볍게 피하면서 목덜미를 베어버린다.

"물러나라!"

그때 아리에타가 외쳤다. 그 외침에 마력이 실려서 주변 공간이 쩌렁쩌렁 울렸다.

우르르 달려들던 숲 오크들이 움찔했다. 그 외침에는 마치 사자의 포효처럼 상대를 압도하는 의념의 힘이 실려 있었기 때문이다.

아젤은 그녀가 외치는 순간, 자연스럽게 쓰러지는 숲 오크의 검을 빼앗아 들면서 뒤로 빠져나왔다.

직후 아리에타가 검을 휘둘렀다.

"사특한 어둠이여, 갈라져라!"

파아아아아아!

검끝에서 눈부신 섬광이 뿜어져 나왔다. 아까 전, 유적 발굴 현장을 덮친 마물들을 단숨에 베어버린 기술이다. 이번에도 숲 오크들을 통째로 해치우리라 믿어 의심치 않았지만……

콰창!

귀에 거슬리는 파열음이 울리며 섬광이 산산이 흩어졌다. 동시에 숲 오크들의 몸을 감싸고 푸른 불길 같은 빛이 일어났다.

아리에타가 당황했다.

"수호의 마법인가?"

자신의 공격을 막아낼 정도로 강한 수호의 마법을 수십 마리의 숲 오크들에게 한 번에 걸다니, 강대한 마력을 가진 마법사가 분명했다. 그리고……

파지지지지직!

섬뜩한 방전음이 울리면서 허공에 커다란 뇌구가 나타나서 떨어져 내렸다.

꽈르릉! 꽈광!

시야가 새하얗게 불타올랐다. 뇌격이 폭발하면서 공간이 격렬하게 뒤흔들렸다가 가라앉는다.

그리고 낮게 가라앉은 목소리가 울렸다.

"흠. 과연 용마공주로군."

나무 위에 서서 그렇게 말한 자는 용 그림자의 일원이었다. 다른 일원들과 마찬가지로 검은 로브로 몸을 감싸고, 어둠의 베일로 얼굴을 가리고 있었다.

그러나 레지나, 키리온과 달리 용마인은 아니었다. 매끈한 손등을 보면 그가 인간임을 알 수 있었다.

쿠구구구구……!

가라앉는 흙먼지 속에서 희미한 빛으로 이루어진 구체가 모습을 드러냈다. 아리에타가 보호막을 펼쳐서 일행을 지켜 낸 것이다.

아리에타가 물었다.

"용 그림자라는 조직의 마법사인가?"

"그렇습니다, 용마공주."

"보아하니 인간이로구나."

"우리 조직에 용마인만 있는 것은 아니니까요. 그리고……"

휘이이이이…….

그가 바람을 휘감고 허공으로 떠올랐다.

"꼭 인간 마법사가 용마인보다 약한 것도 아니지요."

"으음……."

그 말대로였다.

용마인은 인간보다 훨씬 강건한 육체와 막대한 마력을 타고난다. 그러나 순수한 인간이라도 스피릿 오더나 마법을 통해서 그들을 능가할 수 있었다.

캬아아아아!

그때 흙먼지 너머에서 숲 오크들이 돌격해 왔다. 동시에 숲 저편에서 지축을 뒤흔드는 소리가 울려 퍼졌다.

쿵쿵쿵쿵쿵!

인간형 대형종인 오우거들이 다가오고 있었다. 그리고 또 다른 방향에서 대형 마수가 다가오는 것이 감지되었다.

아리에타가 신음했다.

"이놈들한테 정신이 팔려 있는 동안 이동시킨 건가!"

"그렇습니다. 우리도 이 정도로 공주님 기력을 빼놓을 수 있다고는 생각하지 않거든요."

마법사가 어깨를 으쓱했다. 동시에 아젤이 움직였다.

쉬이잇!

옆쪽에서 고속으로 날아들던 무언가가 아젤의 머리 바로 옆을 스쳐 지나갔다. 투명해서 보이지 않는, 마법으로 쏘아낸 에너지 화살이었다.

그것을 본 마법사가 놀랐다.

"호오, 그걸 피하다니. 레지나가 말한 대로 당신은 주의할 필요가 있겠군요."

"저격이라면 지긋지긋하거든."

아젤이 어깨를 으쓱했다.

방금 전 공격은 100미터 밖에서 날아들었다. 오우거들을 끌고 온 용 그림자의 일원이 소란을 틈타서 아젤을 저격한 것이다. 주의가 분산되었을 때를 노려 날린 보이지 않는 마법의 화살은 아젤이 아니었다면 꼼짝없이 당하고 말았으리라.

'이렇게 느린 걸 맞겠냐?'

아젤은 속으로 코웃음을 쳤다. 방금 전에 날아든 마법의 화살은 보이지 않는 대신 진짜 화살보다도 속도가 느렸다. 물론 그걸 느리니까 별 볼 일 없다고 하는 것은 어디까지나 아젤의 기준이다.

'일단 여기에 있는 용 그림자 놈들은 둘인가?'

아젤은 눈앞에 나타난 마법사 말고도 또 한 명이 자신을 저격했음을 알아차렸다. 그가 바로 다른 방향에서 마수들을 이끌고 오는 자일 것이다.

그사이 아리에타가 달려드는 숲 오크들과 격돌했다.

"지저분한 것들!"

그녀가 노성을 지르며 검을 휘둘렀다. 숲 오크가 두꺼운 칼날로 그것을 받아친다. 그녀가 자신보다 체구가 훨씬 작은 데다가 수호의 마법을 믿고 있었다.

그러나 결과는 처참했다.

콰학!

단 일격에 숲 오크의 무기가 부러지고, 그 몸뚱이까지 거대한 이빨에 뜯겨져 나간 것처럼 박살 나서 흩어졌다. 핏방울과 살덩어리가 폭발하듯 비산한다.

아리에타의 움직임은 핏방울이 날아오르는 것보다 더 빨랐다. 첫 번째 적을 해치우자마자 순동법을 발동, 한순간에 숲 오크들 사이에 나타났다.

오크들은 그녀의 움직임을 전혀 파악할 수 없었다. 그들이 고개를 돌리기도 전에 아리에타의 검이 달려나가고, 그리고 한순간에 순동법으로 사라져서 위치를 바꾼다.

파아아앙!

아리에타의 검이 가로막힌 것은 다른 놈들보다 머리 하나는 더 큰 숲 오크를 노렸을 때였다. 숲 오크가 황백색 불길 같은 힘을 토해내면서 아리에타의 공격을 저지했다.

후두두두둑!

그리고 나부끼는 아리에타의 백발이 내려오는 것과 동시에 최초에 해치운 숲 오크의 피와 살점이 떨어져 내렸다. 직후 일곱 마리의 숲 오크가 피를 뿜으면서 쓰러졌다.

이 모든 것이 솟구친 핏방울이 떨어지기 전, 눈 깜짝할 새에 이루어졌다. 마치 그녀 혼자서 다른 시간축을 달리는 것 같았다.

"크르르르르……!"

아리에타의 검을 막아낸 것은 숲 오크들의 우두머리였다. 오크들 역시 마(魔)에 속한 존재들이라 그들 중에는 종종 특출한 마력을 소유한 개체가 나온다. 그리고 그런 개체는 다른 개체보다 훨씬 강건할 뿐만 아니라 마력을 이용해서 특별한 힘을 발한다.

아리에타의 공격을 막아낼 수 있었던 것도 검에 마력을 집중해서 빛의 역장을 덧씌웠기 때문이었다. 그러나 그게 한계였다.

아리에타가 노을빛 눈동자로 그를 노려보며 말했다.

"내 일격을 받아낸 오크는 네가 처음이다."

둘의 키 차이는 80센티미터에 달한다. 덩치로 보면 두 배 이상일 것이다.

"하지만 그게 한계였던 것 같군."

그런데도 아리에타와 검을 맞댄 숲 오크의 몸이 내리누르는 힘을 감당하지 못하고 경련하고 있었다. 일격을 받아낸 것만으로도 내장이 진탕하고 무릎이 반쯤 꺾여 버렸다.

"크워어어어!"

그때 우거진 나무들 사이로 커다란 그림자가 모습을 드러냈다. 키만도 5미터에 달하는 거구의 괴물, 오우거였다.

바위를 연상케 하는 거칠고 두꺼운 회색의 피부, 그리고 대머리에 붉게 타오르는 눈동자와 악귀처럼 무시무시한 얼굴.

그런 모습의 존재가 집채만 한 덩치로 다가오는 것은 그 자체로 무시무시한 공포다.

오우거가 통나무처럼 굵은 팔을 휘둘렀다.

콰자작!

그 팔에 맞은 아름드리나무가 부러져서 쓰러졌다. 하지만 오우거가 노린 표적은 이미 사라지고 없었다.

"흠."

그 표적은 바로 아젤이었다. 아젤은 순동법을 써서 오우거의 어깨에 올라탔다.

"크우?"

오우거가 당황했다. 일순간 아젤이 어디로 갔는지 알 수가 없었다.

오우거는 걸어 다니는 재앙이라 불릴 정도로 막강한 힘을 가졌다. 바위 같은 거구에서 나오는 힘은 인간을 손가락만으로도 찢어버릴 정도고 거기에 인간이 도망치기도 힘들 정도로 민첩하기까지 하다. 또한 가죽도 워낙 단단해서 그저 칼질하는 것만으로는 생채기도 잘 나지 않는다.

하지만 그런 오우거에게도 약점은 있었다.

"카아아아아아아아!"

오우거가 고통의 비명을 질렀다. 아젤이 귓구멍 깊숙이 검을 쑤셔 넣었기 때문이다.

아젤은 검을 놓고 물러나면서 검자루를 발로 걷어찼다. 그러자 검자루가 머릿속 깊숙이 파고들어 가더니, 이윽고 거기에 실린 마력이 내부에서 폭발했다.

"크어어어어......!"

오우거의 눈이 뒤집어졌다. 아무리 오우거라고 해도 머릿속을 헤집어놓는 데는 버틸 수가 없었다.

의식이 끊어진 오우거의 몸이 기울어지자 주변에 있던 숲 오크들이 기겁해서 흩어졌다. 마치 집이 무너지는 것처럼 육중한 소음이 울려 퍼지면서 오우거의 시체가 쓰러졌다.

쿠우웅!

6

"......"

다들 말문이 닫혀 버렸다. 무시무시하게 등장한 오우거가 저렇게 죽어 버리다니......

"골치 아픈 놈을 쉽게 처리해서 다행이야."

땅에 내려선 아젤은 죽은 숲 오크의 검 중 하나를 집어 들었다. 그 모습을 본 아리에타는 이질감을 느꼈다.

'저런 식으로 싸우는 남자는 처음이군.'

오우거를 처리한 방법만이 아니다. 아젤처럼 무기를 철저하게 소모품 취급하는 사람은 처음 보았다. 아무리 적의 무기를 빼앗아서 쓴다고 해도 저렇게까지 주저없이 무기를 버릴 수 있단 말인가?

크르릉! 카룽!

정적은 오래 가지 않았다. 다른 방향에서 새빨간 눈동자를 빛내는 블러드 울프들이 나타났기 때문이다. 황소만큼이나 커다란 덩치에 검붉은 털을 가진 블러드 울프는 아가리 속에서 저주의 검은 불길을 피워 올리고 있었다.

아젤이 혀를 찼다.

"가지가지 하는군, 정말."

그것은 블러드 울프를 보고 한 말이 아니었다.

땅에서 무수한 검은 촉수가 솟구쳐 올라서 아젤을 휘감았다. 어둠으로 이루어진 마법의 촉수였다.

그러나 아젤은 잡히기 직전, 순동법으로 그 자리를 벗어났다.

파지지직!

다음 순간 허공에 떠 있던 마법사의 등 뒤에서 푸른 스파크가 튀었다. 하지만 마법사는 당황하지 않고 뒤를 돌아보았다.

"제법 빠르지만 힘이 부족해."

고위 마법사인 그는 감각을 일반인과는 비교도 할 수 없을 정도로 가속시킬 수 있었고 늘 여러 가지 수단으로 스스로의 몸을 지켰다. 아젤의 순동법 역시 그의 감각으로 포착할 수 있는 속도였다.

아젤의 검은 그가 보이지 않게 펼쳐 둔 방어막에 막혀 있었다. 아젤도 검에 마력을 실었지만 방어막을 뚫기에는 어림없는 위력이었다.

아젤이 투덜거렸다.

"아픈 데를 찌르는데. 확실히 힘이 부족하지."

"여기서 죽어 줘야겠다."

마법사가 뒤로 돌아서면서 마법을 발현했다. 아니, 그러려고 했다.

파학!

방어막에 막혀 있던 아젤의 검이 거짓말처럼 그의 몸을 베고 지나갔다.

"어……?"

마법사가 믿을 수 없다는 듯 신음했다. 어둠의 베일에 가려져 있는 얼굴은 분명 경악으로 물들어 있으리라.

픽!

그런 마법사를 아직 허공에 떠있던 아젤이 발로 걷어차서 추락시키고 그 위에 올라탔다.

"그 말, 그대로 돌려주지."

그리고 아젤은 마법사의 심장을 찌른 뒤 그 몸을 걷어차면서 허공으로 뛰어올랐다.

쿵!

마법사의 몸이 피보라를 뿌리면서 추락했다.

"빈틈투성이야."

아젤은 숨이 끊어진 마법사를 보며 중얼거렸다.

방금 전, 아젤의 검이 방어막과 맞부딪치고 있을 때 여유를 준 것은 바보 같은 행동이었다. 아젤의 시대에 마스터급 스피릿 오더 수련자를 상대로 그랬다가는 죽어 마땅할 정도로 큰 허점을 드러내는 행위다.

'이렇게 쉽게 해치우다니, 설마 마력 동조도 모르는 건 아닐 테고⋯⋯.'

아젤은 검에 주입한 마력과, 마법사가 펼친 방어막의 마력 패턴을 동조시킴으로써 방어막의 반발 현상을 무력화한 것이다.

아무리 아젤이라도 한순간에 적이 펼친 마법의 마력 패턴을 파악하는 건 불가능하다. 접촉 상태에서 차분하게 살펴봤기 때문에 가능한 것이었는데 용 그림자의 마법사는 그런 일을 아예 염두에 두지도 않았다는 듯 몇 초의 여유를 주는 바람에 당했다.

아젤의 시대에 마법사들은 적과 근접전을 벌이게 되면 계속해서 마력 패턴을 바꾸었고, 접촉 상태에서 여유를 주지 않는 것을 철칙으로 했다. 하지만 이 시대의 마법사에게는 그런 상식이 없는 것일까?

그렇다고 보기에는 죽은 마법사의 실력이 상당한 수준이었다.

'나를 진짜 별 볼 일 없는 놈이라고 얕봤나 보군.'

하긴 스피릿 오더 수련자의 실력은 대체로 지닌 마력과 비례하는 편이다. 어느 정도 수준부터는 그런 상식이 통용되지 않지만 아젤 정도로 마력이 보잘것없는 상태라면 쉬운 상대로 보고 방심할 만도 하다.

아젤은 피로 물든 검을 보며 혀를 찼다.

"이건 이제 못쓰겠군."

마법사의 방어막과 충돌하면서 당장에라도 부러질 듯 금이 가 있었다. 역시 오크가 쓰는 검에 제대로 된 품질을 기대하는 건 무리였다.

아젤은 미련 없이 그 검을 버리고 땅에 떨어져 있던 검 중하나를 발등으로 차올려서 낚아챘다. 숲 오크들이 아리에타에게 죽어 널브러진 덕분에 그가 쓸 무기는 넘쳐났다.

직후 그가 살짝 옆으로 한 걸음 내디뎠다.

꽈광!

보이지 않는 마탄이 그의 머리가 있던 자리를 가르고 지나갔다. 뒤쪽에서 폭음이 울리면서 흙먼지가 치솟는 것으로 보아 맞았다간 끝장인 위력이었다.

그러나 아젤은 전혀 동요하지 않고 말했다.

"동료의 복수를 하고 싶다면 숨어 있지 말고 나오지 그래? 그런 어설픈 저격은 내게 통하지 않아, 용마인."

"큭……."

신음이 흘러나온 것은 전장에서 100미터 정도 떨어진 지점이었다.

마법으로 모습을 감추고 있던 용 그림자의 일원이 모습을 드러냈다. 다른 동료들과 비슷한 차림새였으며 손등에 탁한 청회색 용마석을 드러낸 용마인이었다.

그를 본 아리에타가 경계했다.

'도대체 무슨 수단을 쓰고 있는 것인가?'

무슨 수단을 쓰고 있기에 이토록 쉽게 자신의 감각을 속일 수 있단 말인가? 그리고…….

'저자는 어떤 방법으로 적을 감지해 내는 거지?'

그녀가 감지하지 못하는 적을 아젤은 쉽게 간파해 내고 있었다.

그때 적 용마인이 분노했다.

"하찮은 인간 주제에 감히 우리 조직원을 해치다니!"

"와, 정말 신선한데? 요즘은 용마인이 용마족처럼 떠들어 대는 게 유행인가?"

"닥쳐라!"

용마인이 검을 뽑아 들었다. 지금까지 상대한 용 그림자의 일원들과 달리 무기를 쓰는 모양이었다.

"죽어 마땅한 이름의 소유자 아젤이여, 알아두거라. 내 이름은 지켈."

"도대체 무슨 뜻으로 하는 헛소리인지 짐작조차 안 가는데. 설명 정도는 해주시지?"

"알 필요 없다. 죽을 운명의 죄인에게 떠드는 것은 심력의 낭비지."

화아아아아악!

지켈의 뒤쪽에서 불길이 치솟았다. 강렬한 불길이 순식간에 숲을 불태우며 퍼져 나간다.

그것을 본 아젤이 깜짝 놀랐다.

"이런 숲에서 불을 지르다니, 제정신이냐?"

숲이 전장일 때는 화공(火攻)을 하지 않는 것이 상식이다. 그런데 아예 대놓고 불을 질러 버리다니?

지켈이 코웃음을 쳤다.

"이까짓 숲이 불타 버리든 말든 무슨 상관이란 말인가? 이로써 용마공주, 당신은 요새로 갈 수 없을 것이다."

"내가 서부 국경 요새로 가는 것을 막기 위해서 불을 질렀단 말이냐?"

아리에타가 어이없어 했다.

지켈이 대답했다.

"그렇다."

확실히 이렇게 불길이 사방으로 번져 가는 상황이라면 아무리 아리에타라고 해도 쉽게 서부 국경 요새까지 갈 수 없다. 불이 번지는 곳을 피해서 빙 돌아가야 할 것이고 용 그림자는 그동안 아리에타를 계속해서 노릴 것이다.

아리에타가 물었다.

"나를 노리는 이유가 무엇이냐?"

"그건 우리와 같이 가면 알게 될 것이다."

"짜증나는 것들이로구나!"

아리에타는 노성을 지르면서도 지켈에게 접근하지 못했다. 사방에서 오우거와 마수들, 그리고 숲 오크들이 달려들고 있었기 때문이다. 다른 일행들을 지키면서 싸우느라 섣불리 앞으로 나설 수가 없었다.

지켈이 선언했다.

"용마공주 당신은 결국 우리 손에 들어올 것이다."

그리고 그는 아젤과 아리에타에게 대적하지 않고 거대한 불길 너머로 모습을 감추었다.

CHAPTER **04**
용살(龍殺)의 의식

1

루레인 왕국 서부 국경수비대가 발란에서 가장 두려워하는 존재가 무엇이냐고 묻는다면 한 치의 망설임도 없이 답이 나올 것이다.

용.

광활한 발란 숲 깊숙한 곳에는 어떤 마수도, 마물도 대적할 수 없는 먹이사슬의 정점에 위치한 폭군인 그들이 존재하고 있었다.

그들이 한번 움직일 때마다 엄청난 피해가 발생했기에 서부 국경수비대는 늘 그들의 영역을 침범하지 않도록 주의했다.

쿠르르르르……

용들은 자신의 영역에서 나오는 일이 드물었다. 배부른 마수처럼 그 속에서 먹잇감을 잡아 배를 채우면서 살아갈 따름이다.

그러나 그들은 늘 갈증에 시달리고 있었다. 짐승은 이해할수 없는 고민, 그것은 바로 스스로가 우둔함을 알고 지혜를 갈구하기에 생기는 갈증이다.

"이건 거래입니다."

단신으로 용 앞에 선 레지나는 후드 안에서 식은땀을 흘리고 있었다.

숲의 어둠 속에서 자신을 바라보는 두 개의 커다란 눈동자가 어마어마한 위압감을 발하고 있었다. 아무리 용마인이라도 이렇게 가까이서 용과 마주하면서 두려워하지 않을 수 없었다.

겉보기로는 거대하고 광포한 짐승으로밖에 보이지 않는 그 존재가 자신의 말을 이해할 수는 있을까?

머리로는 그들이 언어를 이해한다는 사실을 안다. 하지만 보면 볼수록 확신이 약해진다. 그들이 자신의 말을 이해하지 못하고 그저 영역을 침범한 먹잇감으로만 본다면 어떻게 될 것인가?

레지나는 필사적으로 불안과 두려움을 억누르며 말했다.

"우리의 요구를 들어주신다면, 당신은 '지혜로운 순간'을 얻게 되실 겁니다."

크르르르르…….

"받아들이시겠습니까?"

쿵! 쿠웅!

그 물음에 용이 어둠 속에서 앞으로 걸어 나왔다.

나무들 사이로 일어난 그 거대한 실체를 본 레지나는 숨을 삼켰다.

지룡(地龍).

마치 물속을 헤엄치는 물고기처럼 땅속을 자유자재로 유영할 수 있는 용을 가리키는 이름이다.

도마뱀을 좀 더 길쭉하게 늘려 놓은 것 같은 실루엣에 바위 같은 질감의 흑갈색의 비늘을 가졌으며, 굴강한 뿔과 동공이 세로로 찢어진 붉은 눈동자를 가진… 머리부터 꼬리 끝까지 무려 30미터가 넘는 성채 같은 덩치의 괴물.

그 용이 레지나를 보며 고개를 끄덕였다.

'정말로… 사람의 말을 이해하는군.'

스스로 언어를 구사할 수는 없으나 알아들을 수는 있다. 설령 세상 그 어떤 언어라도, 그들은 이해한다.

어떻게 그런 일이 가능한지 레지나는 모른다. 어쨌든 중요한 것은 눈앞의 지룡이 레지나의 말을 이해하고, 그 제안을 받아들였다는 것이다.

레지나는 자연스럽게 나오는 안도의 한숨을 눌러 참으면서 말했다.

"그럼 표적에 대해서 설명드리겠습니다."

2

밤이 되면 숲은 짙은 어둠에 휩싸인다. 오로지 달빛과 별빛만이 의지할 수 있는 빛이었다.

그런 어둠 속을 네 명의 남녀가 이동하고 있었다.

아젤과 릭, 그리고 아리에타와 에노라였다.

"에노라."

문득 아리에타가 입을 열었다. 지쳐서 비틀거리던 에노라가 그녀를 바라보았다.

"네?"

"내게 업히거라."

"…그, 그런 불경을 저지를 수는 없어요."

에노라가 불에 덴 듯 놀랐다.

아리에타가 왕족이라고는 믿을 수 없을 정도로 헐렁한 성격이기는 하나, 하늘처럼 높은 사람이라는 것만은 분명했다. 그런 귀하신 분에게 업힌다니 어떻게 그럴 수가 있겠는가?

"걷기 힘든 걸 알고 있으니 업혀라. 지금은 그게 옳다."

"하지만……."

"명령이다. 업히거라."

아리에타가 앞에서 등을 보이자 에노라는 머뭇거리다가 어쩔 수 없이 업혔다. 그 모습을 본 아젤은 감탄했다.

'이 공주님 성격 참 멋진데?'

처음에는 그녀가 따라온 게 영 짜증났는데 하는 행동을 보면 볼수록 마음에 든다. 왕족씩이나 되어서 저러기가 쉽지 않을 텐데, 용마공주라는 특수한 신분을 타고났기 때문일까?

아젤이 릭을 돌아보았다.

"릭, 업어줄까?"

"…거절한다."

릭 역시 많이 지쳐 있었다.

지켈이라는 용마인이 숲에 불을 지른 후, 일행은 연이어서 마물과 마수들에게 습격을 당하면서 한나절을 이동했다.

격하게 번져 가는 불을 피해 도망치는 것만으로도 필사적이었다.

겨우 불이 번지는 방향에서 빠져나왔다 싶었더니 또다시 마물과 마수들이 덮쳐 왔다.

그들과 계속해서 격전을 벌이느라 아리에타조차도 지쳐 있었다. 그 와중에 릭과 에노라를 큰 상처 없이 지켜낸 것은 기적이었다.

'나도 상태가 좋지 않군.'

여기까지 오는 동안 아젤은 여유가 날 때마다 아리에타와 교대로 명상을 통해 마력을 보충했다. 하지만 누적된 피로는 어쩔 수 없다.

아젤이 말했다.

"지금은 우리를 보는 시선이 안 느껴지는군요. 아까 전에 불을 지른 것이 효과가 있었던 모양입니다."

"설마 그런 과격한 짓을 하게 될 거라고는 상상 못했다."

"저쪽이 먼저 저질렀으니까요. 빠져나가려면 어느 정도 위험은 감수해야지요."

아젤은 적의 추격에서 도망치기 위해 극단적인 조치를 취했다. 지켈이 했던 대로 숲에 불을 질러 버린 것이다.

물론 지켈과 달리 이쪽은 통제할 수단을 강구해 두고 한 일이다. 이동하는 도중에 아리에타와 대화를 통해 할 수 있는 일들을 파악해 두었고, 그중에는 일정 영역에 불을 지른 뒤에 시간이 지나면 자동적으로 꺼지게 하는 마법도 있었다.

하지만 여기가 평지도 아니고 숲인만큼 의도한 대로 되리라는 보장은 없었다. 아직까지도 숲 저편에서 완전히 꺼지지 않고 타오르는 불처럼, 계속해서 번져 갈 위험성도 컸다.

"다행히 번지지 않고 끝난 것 같지만……."

아리에타는 못마땅한 기색이었다. 달리 방법이 없으니 아젤의 말을 따르기는 했지만, 너무 위험성이 큰 짓이었다.

'하지만 그러지 않았다면 적의 감시망을 피할 수 없었겠지.'

용 그림자의 일원들은 멀리보기 마법으로 원거리에서 일행의 위치를 파악하면서 수작을 부리고 있었다. 그 시선을 피하지 못하는 한 일행에게 안도할 여유는 없었던 셈이다.

아젤이 말했다.

"그럼 이쯤에서 쉬도록 하지요. 공주님, 혹시 불을 안 피우고 열을 일으킬 수 있습니까?"

"할 수 있다. 하지만 가끔은 그대도 좀 일을 해보는 게 어떤가?"

"유감스럽게도 제 마력이 쥐꼬리만 해서요."

"그런 실력을 가졌으면서 마력은 약하다니, 참으로 이상한 사내로다."

"저도 이런 남자이고 싶지 않았답니다."

아젤이 뻔뻔스럽게 대답하자 아리에타는 코웃음을 치면서 지면에다가 마법을 걸었다. 마법이 걸린 지점에서 온기가 스며 나와서 한기를 몰아냈다.

아젤이 말했다.

"그럼 교대로 쉬도록 하지요. 오래 쉴 수는 없을 겁니다."

"적들이 밤이라 움직이지 않는 상황을 기대할 수 없다는 뜻이군."

"그렇습니다. 용 그림자라는 놈들이야 그렇다 치고, 그놈들이 부리는 병력은 마물과 마수니까요."

마물과 마수 중에는 야행성이 많았다.

아젤이 말했다.

"불침번은 저와 공주님만 번갈아서 봅니다."

"응? 어째서? 모두가 돌아가면서 해야 하지 않나? 아, 에노라 양은 제외하더라도……."

릭이 의문을 제기했다. 어린 소녀인 에노라는 제외하더라도 건장한 성인인 자신도 불침번을 서야 하지 않겠는가?

아젤이 이유를 말했다.

"유감스럽지만 넌 불침번으로서 별로 도움이 안 돼. 네가 적의 움직임을 감지했을 때면 이미 늦으니까."

"윽. 그렇군."

"그러니까 편히 쉬어두기나 해. 조금이라도 체력을 보충해놔야 따라오지."

여기까지 오는 동안 다들 아무것도 먹지 못했다. 중간중간에 물을 발견해서 마신 게 전부다. 그러다 보니 체력이 극도로 저하되어 있었다.

릭이 입술을 깨물었다.

"미안하군."

"쉬기 전에 에노라 양이나 좀 봐줘. 잔상처가 좀 난 것 같으니까."

"알겠어."

릭이 그 말에 따랐다. 에노라는 숲길을 급하게 따라오느라 여기저기 옷이 찢어지고 상처를 입었다. 릭이 치유술을 발휘해서 그 상처를 낫게 해주었다.

아젤이 아리에타에게 말했다.

"불침번은 한 시간 단위로 하죠. 공주님, 먼저 보시겠습니까?"

아무래도 불침번은 초번이 편하다. 그래서 아리에타를 배려하는 마음으로 제안했지만 그녀는 고개를 저었다.

"아니, 난 일단 조금이라도 자두고 싶군. 먼저 부탁한다."

"그러지요."

문득 아리에타의 얼굴이 수심에 잠겼다.

"다른 이들은 어떻게 되었는지 모르겠군."

"무사할 겁니다."

아젤은 근거도 없이 안심시키기 위한 말을 했다. 아리에타가 한숨을 쉬었다.

"에노라를 구출하고 나니 내가 따로 행동하는 게 그들을 안전하게 하는 길이라 판단해서 그대를 따라오기는 했지만… 정말 잘한 선택인지 모르겠다."

'그래서 나를 쫓아온 거였나?'

왜 아리에타가 왕실에서부터 따라온 일행들을 놔두고 자신을 따라온 것인지, 아젤은 의문이었다. 그런데 그런 이유가 있었을 줄이야.

동시에 어이가 없었다.

"아니, 그럼 저는 위험에 빠뜨려도 괜찮을 거라고 생각했단 말입니까?"

"그런 이유로 그대를 따라나선 것은 아니다."

"그럼?"

"일단은 그대가 혹시 용 그림자라는 조직의 끄나풀이 아닌지 의심스러웠다."

"공주님을 구해드리기까지 했는데 말입니까?"

"그대는 그곳에서 그들을 적대했고 부상도 입었지만, 죽이진 않았다. 그렇다면 나를 속이기 위해 연기했을 가능성도 있지."

자신을 의심하는 말이었지만, 아젤은 조금 감탄했다.

'호오. 제법인데?'

날카로운 지적이다. 초인적인 능력을 가진 자들이라면 위장을 위해서 일반인의 상상을 초월하는 짓을 얼마든지 저지를 수 있었다.

아리에타가 말했다.

"하지만 지금까지 같이 행동하면서 확신했다. 적어도 그대는 적은 아니군."

"믿어주시니 감사합니다."

"아직도 의심할 구석이 산더미 같기는 하지만… 적어도 그
대가 내게 악의를 품지 않았다는 것만은 믿겠다. 그럼 난 잠
시 자도록 하지."

아리에타는 그렇게 말하고는 나무에 기대어 눈을 감았다.
그리고 채 3초도 안 되어서 새근거리는 숨소리를 내기 시작
했다.

아젤은 어이가 없어서 중얼거렸다.

"아니, 어떻게 이런 상황에서……."

아젤도 잠자는 것에는 일가견이 있는 남자다. 잠에 일가견
이 있다니 이상하게 들릴지도 모르지만 전쟁터에서 가장 중
요한 것이 필요한 때 수면을 취할 수 있는 능력이었다. 기회
가 있을 때마다 컨디션에 구애받지 않고 수면을 취해서 체력
을 회복하는 것은 생존을 위해 중요하다.

스피릿 오더의 기술 중에는 그런 수면을 위한 기술도 있었
다. 아젤도 그 기술을 즐겨 사용했다.

하지만 아리에타는 그런 기술을 쓰고 있지 않았다. 그냥 잠
들고자 마음먹자마자 숙면에 빠진 것이다.

"거 참."

아젤은 실소하고 말았다.

곤히 잠든 아리에타는 조금 전까지 위엄 넘치는 모습과는

딴판으로 순진한 소녀의 얼굴이었다. 흙투성이가 된 채로 마치 자기 집 침상처럼 편안하게 잠들어 있는 그 모습에 현실감이 흐려질 지경이다.

"고, 공주님이 원래 아무 데서나 잘 주무세요."

에노라가 안절부절못하며 말했다.

평범한 일반인 소녀에 불과한 에노라는 오늘 겪은 일들로 인해 육체적, 정신적으로 당장에라도 쓰러질 것처럼 지쳐 버렸다. 하지만 불안과 두려움 때문에 도저히 잠들 수가 없었다.

아젤은 그런 에노라를 보며 쓴웃음을 지었다.

"아무 데서나 잘 자는 건 장점이지. 특히 전장에서는……."

"……."

"꼬마 아가씨도 조금이라도 자두렴."

아젤은 상냥하게 말하면서 손가락으로 에노라의 이마를 짚었다. 그러자 에노라는 갑자기 졸음이 몰려오는 것을 느꼈다.

'아, 어째서……?'

그런 의문이 떠올랐지만 그것도 길지는 않았다. 그녀는 그대로 잠들어 버렸다.

릭이 물었다.

"뭘 한 거야?

"잠들게 한 거야."

"그런 것도 할 수 있어?"

"쉬워. 해줄까?"

"부작용은 없나?"

"없어."

"그럼 부탁해. 잠들 수 있을 것 같지가 않으……."

그렇게 말하는 릭에게 아젤이 손을 대자 그는 잠들어 버렸다.

아젤은 나무들 사이로 보이는 밤하늘을 올려다보며 생각했다.

'별은 예나 지금이나 똑같군.'

오로지 그것만이 그의 기억 속에 남아 있는 그대로였다.

3

신기하게도 아젤은 깨어난 후로 단 한 번도 꿈을 꾸지 않았다. 마치 긴 시간 잠들어 있는 동안 평생 꿀 꿈을 다 꾸어버린 것처럼…….

물론 그럴 리가 없다. 그 사실은 아젤이 아리에타와 교대해서 잠들었을 때 증명되었다.

'아젤.'

꿈속에서 아젤은 자신을 부르는 목소리를 들었다.

'아젤.'

낯선 남자의 목소리였다. 하지만 어딘가 그리운 울림이 섞여 있다.

'누구지?'

아젤은 그렇게 생각하며 목소리의 주인을 바라보았다.

꿈속이라서일까? 그를 찾는 과정이 필요하지 않았다. 그를 본다고 생각한 순간, 눈앞에 그가 나타났다.

아젤이 물었다.

'이건 꿈이지?'

'그래. 네 꿈이지.'

'너는 누구지?'

'세상에서 가장 섭섭한 말이야.'

상대는 씁쓸하게 웃었다.

하지만 얼굴이 보이지 않는다. 마치 시야가 입가 위로 닿지 않는 것처럼······.

'내가 누구인지 알아야 해. 그래야만 나를 볼 수 있어.'

아젤은 그 말도 안 되는 요구에 잠시 생각에 잠겼다. 그러다가 불현듯 한 사람을 떠올리고 경악했다.

'···칼로스?'

역사에 대마법사로 기록된 아젤의 친우.

그러자 그의 얼굴이 드러났다. 삐딱한 인상의 노인이 눈앞에 있었다.

'너……'

아젤은 잠시 놀란 눈으로 그를 바라보았다. 칼로스가 장난스럽게 웃는 것을 보며 아젤이 말했다.

'…머리 벗겨졌잖아?'

'지적할 게 그거밖에 없냐!'

칼로스가 발끈했다.

그렇다. 대마법사라 불린 남자, 칼로스는 대머리였던 것이다. 머리는 벗겨졌지만 수염은 풍성한 그가 씩씩거리는 걸 보면서 아젤이 피식 웃었다.

'하지만 그게 제일 눈에 띄는 걸 어떡해. 그나저나 늙었군.'

'너와는 달리. 아마 너는 전혀 안 늙었겠지?'

'덕분에. 내 모습 보면 알잖아?'

'안 보여.'

'뭐?'

'네가 보고 있는 건 내가 네 영맥에 남긴 그림자. 네가 아는 칼로스처럼 행동하고 말하겠지. 하지만 본인은 아니야. 그리고 너와 같은 시간을 공유하지 않아. 그저 대화할 수 있을 뿐이지.'

'내가 아는 칼로스는 머리가 벗겨진 늙은이가 아니었는데……'

'할 말이 그런 거뿐이냐!'

칼로스가 다시 발끈했다. 아젤이 웃음을 터뜨렸다.

'풋. 너 나이 먹고 나서 꽤 신경질적이 됐나 보군? 칼로스
하면 얼음장 같은 이성으로 어떤 때라도 올바른 판단을 내리
는 냉정, 침착한 마법사로 유명했거늘 어쩌다 성질 나쁜 대머
리 늙은이가 됐는지… 쯧쯧. 대마법사의 명성과 소중한 것을
맞바꾸었나 보군.'

'소중한 거라니 뭘 말하고 싶은 거야? 응? 설마 머리털을
말하는 건 아니겠지? 아니지?'

'스스로도 잘 알고 있을 텐데?'

아젤은 그를 놀리면서 즐거워했다.

눈앞의 칼로스는 진짜가 아니고 그가 남긴 사념체에 불과
하다. 머나먼 미래에, 자신이 모르는 시대에 깨어난 친구에게
말을 전하기 위해 만들어낸…….

하지만 이렇게 대화를 나누고 있으니 즐겁다. 허깨비에 불
과하다는 걸 알면서도 마치 칼로스와 지내던 시절로 돌아간
것 같아서 추억이 새록새록 되살아났다.

아젤이 말했다.

'그런 모습인 걸 보니 내가 잠든 지 꽤 오랜 시간이 지난 후
에 남긴 사념인가 보군.'

'그래. 내가 일흔여덟 살 때다.'

목소리가 아젤이 기억하고 있던 것과 달랐던 것은 그가 나
이가 들었기 때문이었다. 하지만 그 속에는 아젤이 알던 목소

리와 닮은 울림이 있었다.

생김새도 그렇다. 머리는 벗겨졌고 수염은 풍성하고 주름이 자글자글하지만… 그래도 그 눈매는 아젤이 알던 칼로스와 많이 닮았다.

아젤이 물었다.

'머리는 언제부터 벗겨진 거야?'

'그 이야기는 그만해.'

'에이, 말해봐. 안 그러면 역사책 뒤져서 알아본다.'

'마음대로 하시지. 그 문제에 대해서는 묵비권을 행사하겠다. 하여튼 젊은 놈이 버르장머리가 없어.'

칼로스가 못마땅한 듯 콧김을 내뿜었다. 사념체 주제에 정말로 감정표현이 생생해서 진짜 사람을 마주하고 있는 것 같다.

'에이, 내가 젊긴 하지만 나이는 너보다 많지. 난 자그마치 220년이나 자고 깨어났는데.'

'사람의 나이는 몇 년을 존재했느냐가 아니야. 몇 년을 살았느냐지.'

'근데 그 사는 것에는 자는 것도 포함되잖아?'

'그건 그렇지.'

'그럼 내 나이도 인정해 줘야지.'

'사람의 잠에 동물의 겨울잠 흉내 내기는 안 들어간다.'

'억지다.'

아젤이 피식 웃었다. 그리고 말했다.

'아마 네가 모르는, 정확히는 짐작하지 못한 사실은 말해봤자 반응하지 못하겠지?'

'그래.'

예를 들면 지금 아젤은 220년이라는 세월을 언급했는데 칼로스의 사념체는 놀란 반응을 보이지 않았다. 아마 오래전의 사념체인 그가 완전히 이해하고 반응할 수 있는 정보가 아니어서 그랬으리라.

아젤이 물었다.

'시간이 얼마나 있나?'

'그리 많지는 않아. 너와 대화를 나누는 동안 나는 소모된다.'

'긴 이야기를 할 수는 없다는 거군.'

'내 유령이라면 모를까, 나는 타인의 영맥에 남은 사념이니까.'

즉 그 사념은 아젤이 영맥에 마력을 순환시키면서 자신의 의념을 강건하게 세우면 세울수록 옅어져간다는 소리다. 아마 지금 이 순간에도 점차 사라져 가고 있으리라.

아젤이 물었다.

'그럼 중요한 걸 묻지. 내게 무엇을 말해주고자 존재해?'

칼로스가 아젤의 추억을 어루만져 주기 위해 사념체를 남겼을 리는 없다. 분명 전해야만 하는 사실이 있으리라.

칼로스가 말했다.

'네가 언제 깨어나는지, 그리고 그 시대가 어떤 상황인지 나는 알 길이 없다.'

그것이 자신이 살아 있는 동안이 아닌 것이 유감스러웠을 뿐이다. 칼로스의 사념체는 그렇게 말했다.

'그러니 나는 내가 살아가는 시점을 기준으로 이야기할 수밖에 없어. 아젤, 아테인이 살아 있다.'

'뭐?

아젤은 경악했다.

용마왕 아테인이 살아 있다니? 그럴 리가 없다. 그는 아젤이 직접 죽였다. 최종결전에서 절대 살아날 수 없는 상태로 만들어서 죽였거늘!

칼로스가 말했다.

'정확히는 완전히 죽지 않았다고 해야겠군. 그는 네게 죽기 전, 스스로 부활할 수 있는 방법을 준비해 두었어. 그리고 그의 의지를 이은 자들이 암약하면서 그 방법을 수행하고 있다. 수십 년 동안이나.'

'죽은 자가 부활하다니, 어째 불사체를 말하는 뉘앙스는 아닌데?

불사체는 흑마법으로 사자를 다시 지상에 불러오는 것을 말한다. 그러나 그들은 살아 있는 것이 아니라 그저 죽은 시체가 마법의 힘으로 움직일 뿐이다.

칼로스가 대답했다.

'그래. 불사체가 아니라 진정한 의미에서의 부활이다.'

'그런 일이 가능한가? 아무리 아테인이라도⋯⋯.'

'나는 가능하다는 결론을 얻었어. 내가 흉내 낼 수는 없지만.'

'음. 네가 그렇게 판단했다면 그렇겠지.'

아젤은 칼로스의 판단을 신뢰했다. 적어도 마법에 관한 한, 그의 예측은 거의 빗나간 적이 없었다.

아젤이 물었다.

'그럼 내가 깨어난 시점에서는 이미 부활했을 수도 있다?'

'그건 몰라. 부활했을 수도 있고, 부활이 실패했을 수도 있지.'

'그런 무책임한 대답이 어디 있어?'

'거 어차피 내가 죽은 뒤의 일일 텐데 그것까지 알게 뭐야? 네가 미래를 살아가야 하니까 귀찮음을 감수하고 충고해 주는 거다. 고맙게 생각해.'

'그거 참 너답다.'

아젤이 쓴웃음을 지었다.

칼로스가 말했다.

'네가 깨어났을 때, 내가 안배한 것들이 얼마나 남아 있을지는 몰라. 부디 그것들이 최대한 많이 남아서 도움이 되길 바란다.'

'다 남아 있을 거라는 보장은 없는 거야?'

'네가 살면서 한 짓들을 생각해 봐. 고대의 유적이니 미궁이니 하는 것들을 얼마나 많이 도굴해 댔는지. 내가 죽은 뒤에 내가 안배해 둔 것들이 그렇게 안 되리란 보장이 어디 있어? 원래 보물을 묻어두면 누군가 파내게 되어 있는 법이야.'

'음. 그야 그렇지……'

아젤이 잠들어 있던 유적만 해도 사람의 발길이 닿지 않을 만한 곳에 있었다. 하지만 결국 발견되어서 대규모로 발굴 작업이 이루어지는 바람에 아젤이 깨어난 것이 아닌가?

문득 아젤이 물었다.

'그런데 왜 이제야 나타난 거지? 내가 처음 깨어났을 때가 아니라?'

'아마 네가 유적을 정상적인 절차를 거쳐서 나온 게 아니기 때문일 거야.'

'응?'

'거기에 내가 준비해 둔 것들을 다 얻어서 나오지 않았지?'

'…맞아.'

'다른 사람도 아니고 너니까 그럴 가능성도 꽤 높다고 생각했어. 애당초 이 사념체는 유적의 힘이 없으면 네 앞에 나타나지 않아.'

하긴 200년 가까운 시간 동안 타인의 영맥 속에 자신의 사념체가 유지되도록 하는 게 쉬운 일은 아닐 것이다. 대마법사라고 불리는 칼로스니까 가능하지 않았을까?

'그 유적에는 네가 얻어야 할 것들의 지도를 마련해 두었어. 하지만……'

'하지만?'

'지금 이 사념체가 네게 나타났다는 것은, 유적이 스스로를 보호하는 힘을 잃고 긴급 상태로 이행했다는 뜻이야.'

'뭐?'

'외부에서 누군가가 유적의 보호체계를 뚫고 안으로 들어갔기 때문에 네게 가장 중요한 사실을 알려주러 나타난 거야. 그리고… 네가 정말로 위험할 때, 네 앞에 딱 한 번만 필요한 도움의 손길이 나타날 거야.'

'필요한 거라니?'

'곧 알게 될 거야. 그럼… 잘살아라.'

칼로스는 씁쓸한 웃음을 지은 채 아젤의 꿈에서 사라졌다.

4

"대머리가 됐을 줄이야……."

자연스럽게 눈을 뜬 아젤은 그렇게 중얼거렸다.

뜬금없는 중얼거림에 아리에타가 물었다.

"무슨 말인가?"

"아니, 꿈 이야기입니다."

꿈에서 본 칼로스의 모습은 여러모로 충격이었다. 한때는 뭇 여성들의 마음을 훔쳤던 차가운 미남자였거늘 나이 들어서는 머리가 벗겨졌을 줄이야.

게다가 그가 늙었다는 사실 역시 충격이었다. 살아서 친구가 늙은 모습을 보게 될 거라고는 아무리 아젤이라도 상상해 본 적 없었으니까.

새삼 그가 자기가 잠들어 있는 동안 죽어버렸다는 실감이 났다. 아젤은 머나먼 시대에 홀로 내던졌다는 사실을 상기하며 고독감을 느꼈다.

'아테인이 부활한다니……'

아젤이 목숨을 걸고 쓰러뜨렸던 숙적.

그가 되살아날 수도 있다니 혼란스럽다. 그저 죽은 놈이 되살아난다는 사실 때문이 아니다. 이렇게 말하면 이상하지만 사실 죽은 놈이 되살아나는 게 그렇게까지 놀랍지는 않다.

'불사체가 되는 경우야 흔하지.'

흑마법으로 시체가 다시 일어나는 경우야 흔해빠졌다. 적어도 용마전쟁 때는 그랬다. 어려운 싸움 끝에 적 용마족을 해치웠더니 얼마 후에 반쯤 썩은 시체 꼴로 나타나서는,

"너희를 죽이기 전까지는 무덤 속으로 기어 들어갈 수 없다!"

…라고 외쳐 대면서 원념을 불사르는 적들을 다시 격파한 횟수만 해도 열 손가락으로 다 셀 수 없을 정도다. 그러다 보니 아젤은 한 번 죽였던 놈이 불사체가 되어 다시 덤벼도 '그럴 수도 있지' 하고 대수롭지 않게 넘긴다.

하지만 이건 좀 경우가 다르다. 완전히 죽었던 존재가 아주 오랜 세월에 걸쳐서 부활한다니…….

'설마 내가 이 시대에 깨어난 것과도 관계가 있나?'

아무런 근거도 없는 생각이다. 칼로스의 사념체도 그가 부활할지 못할지는 알 수 없다고 하지 않았던가?

하지만 스스로 떠올린 생각에 가슴이 두근거렸다. 어쩌면 아젤과 아테인은 다시 이 시대에서 조우해 싸우도록 운명 지어진 것인지도 모른다. 그렇다면 아젤이 자신과 살아가던 모든 이와 떨어져 이 시대에 홀로 내던져진 것도 의미를 갖지 않겠는가?

'하지만 그보다는 이 시대에 대해서 알고 적응하는 게 우선이군.'

아젤은 심호흡을 한 번 해서 그 생각을 떨쳐 버렸다. 그리고 지금 마주한 현실에 집중했다.

아리에타가 퍽 이상한 놈을 다 보겠다는 표정으로 그를 보고 있었다. 어린 소녀가 자신을 그런 눈으로 보는 게 우스워서 아젤은 픽 웃어버렸다.

'그러고 보면 용마전쟁 때도 못 본 타입인데.'

전장에서 싸우는 소년소녀야 흔했다. 그때는 조금이라도 힘이 있는 자라면 다 싸워야 했으니까.

하지만 그때도 아리에타 같은 이는 없었다. 인간과 용마족이 함께 살아감을 증명하는 존재, 용마공주라. 과연 그녀가 지고 있는 운명이 어떤 것인지 궁금해진다.

'적어도 편하지는 않겠지.'

한때는 용마전쟁을 끝내고 나면 모든 사람이 웃을 수 있는 평화로운 시대가 오리라 기대하기도 했다. 비록 칼로스는 인간만큼 믿지 못할 존재가 없으니 또 다른 난세가 올 것을 예견했지만… 아젤은 적어도 용마족이 남긴 상처가 낫기 전까지는 세상이 평화로울 것을 기대하며 잠들었다.

하지만 아리에타를 보면 220년 동안 세상이 별로 좋아지진 않은 모양이다. 이렇게 어린 소녀가 자신의 태생 때문에 전장에 나서서 목숨을 걸고 싸워야 하고, 사람을 깊이 의심하는 걸 당연시하고 있다니…….

문득 아리에타가 물었다.

"왜 그렇게 보지?"

"음. 그렇게라면 어떻게를 말씀하시는 겁니까?"

"마치 신기한 동물을 보듯이 보는군."

"…제가 그런 눈을 하고 있었나요?"

차라리 동정 어린 시선이라면 모를까, 그건 왠지 납득이 안 된다.

아리에타가 말했다.

"어쨌든 묘한 시선이었다. 다행히 음탕하진 않았다. 그랬 다면 한 대 때려주려고 했다만."

"공주님은 제가 그런 눈으로 보기에는 아직 어리시죠."

"신분도 확실하지 않은 자가 왕족인 내게 그런 식으로 말하다니, 왕궁이었으면 불경죄로 벌을 받았을 것이다."

"다행히 여긴 왕궁이 아니군요."

"그렇지."

"게다가 이만큼 캄캄한데 사람을 그런 눈으로 본다는 게 가당키나 한가요."

"그대가 이 정도 어둠에 내 모습을 못 보고 있다고는 생각 할 수 없다만."

그 말대로였다. 일반인이라면 발밑에 뭐가 있는지도 알아 차리기 어려운 어둠이지만, 아젤과 아리에타는 서로를 보는 데 지장이 없었다.

"하지만 내가 어리다라… 오랜만에 들어 보는 말이로다."

어색한 듯 중얼거리는 아리에타는 잠들어 있을 때와 마찬 가지로 그 나이 또래의 소녀처럼 보였다.

'평소에는 의식해서 위엄 있는 태도를 연기하는 건가?'

그런 태도가 먹히는 건 그녀의 외모가 워낙 독특하고 아름

다워서도 있으리라. 새하얀 머리카락과 도자기 인형 같은 피부, 그리고 노을빛 눈동자와 왼쪽 귀 위쪽에 돋아난 청백색 깃털 조형물 같은 뿔이 모여 이루어진 그녀의 외모는 보고 있노라면 신비롭기 그지없다.

문득 아리에타가 물었다.

"아젤."

"네."

"그대는 몇 살인가?"

"올해로… 음. 서른은 안 넘었을 겁니다. 아마 스물여섯이나 일곱쯤?"

잠들어 있던 220년의 시간을 제외하면 아젤은 스물여섯 살이었다.

"……나보다 그렇게 나이가 많은 것도 아니지 않은가?"

"에이, 최저로 스물여섯이라고 쳐도 아홉 살이나 차이가 나지 않습니까? 제가 아홉 살 때 공주님은 아직 태어나시지도 않았던 겁니다."

"흐음. 그거야 그때고 지금은 나를 어린애 취급할 정도는 아니라고 본다."

"기분 나쁘셨어요?"

"아니, 그냥 신기했을 뿐이다. 그리고 내가 보기에 그대는 그렇게 젊어 보이지 않는다."

"그런가요? 몇 살로 보입니까?"

"한 마흔 살 정도?"

"……."

"진짜다."

아젤은 슬퍼졌다. 젊고 뽀송뽀송한 청년이라고 자부했건만 수염 좀 지저분하게 기르고, 의식적으로 때 빼고 광내는 일을 피했다고 마흔 살이라는 소리를 듣다니!

'젠장.'

사내자식들이 뭐라고 하건 상관없는데 아리따운 소녀가 그렇게 말하는 걸 들으니 서럽다. 아젤은 여유가 생기면 당장 수염부터 깎아야겠다고 다짐했다.

아리에타가 말했다.

"나는 일곱 살 때부터 검을 쥐는 법을 배웠고, 열다섯 살 때 성인식을 치르고 나서는 한 사람의 전사가 되어야 했다."

그때부터는 전장에 나서서 싸워야 했다. 왕실의 판단으로 그녀를 투입할 만한 곳이라고 생각하면 어디든 가서 활약하여 백성들의 칭송을 들었다.

'왕실은 용마공주를 보내어 우리를 위해 싸우게 한다. 왕과 용마족이 결합하여 낳은 그녀가 우리를 위해 싸우는 것은, 우리와 용마족이 함께 살아간다는 증거다.'

백성들이 그렇게 생각하게 하는 것이 용마왕자와 용마공주의 존재 의의였다.

"그 후로 어리다는 소리를 들어본 적이 없군. 그래서 그대의 말이 신기하다."

"그런 삶을… 어떻게 생각하십니까?"

아젤이 조심스럽게 물었다. 아리에타는 멍하니 허공을 응시하며 대답했다.

"솔직히 잘 모르겠다. 어려서부터 모두가 그게 나의 사명이라고 말했다. 나는 그러기 위해서 태어났으며 그렇게 살아가야 한다고…….'

"무섭지는 않았습니까?"

"처음으로 실전에 나설 때는 무서웠지."

열다섯 살 때 성인식을 치르고 처음 전장에 나섰을 때… 아리에타는 평생 그때의 일을 잊을 수 없을 것이다.

"별것 아닌 일이었다. 실제로도 난 털끝 하나 다치지 않았고."

하지만 대신 다른 사람들이 죽었다. 그녀가 상황을 제대로 파악하지 못하고 망설이는 동안, 힘없는 병사들이 죽었다.

아리에타는 그 일을 평생 잊을 수 없을 것이다. 지금도 가끔 그때 죽은 병사들의 얼굴이 떠오르고는 한다.

문득 아리에타가 물었다.

"그대는 어떤가?"

"뭐가 말입니까?"

"첫 실전 때 말이다."

"음. 글쎄요."

"기억나지 않는가?"

"정확히는요. 하지만 아마 열 살 때쯤이었던 것 같군요."

"열 살?"

아리에타가 깜짝 놀랐다. 루레인 왕국의 징집 하한선은 열다섯 살이다. 성인식을 치른 사람만이 입대할 수 있다. 그래서 용마공주인 그녀도 열다섯 살이 되는 그날까지는 전장에 나서지 않고 평온하게 살아갈 수 있었던 것이다.

아젤이 쓴웃음을 지었다.

"잘은 기억나지 않아요. 하지만… 모두가 굶주린 시기였습니다."

용마전쟁은 아젤이 일곱 살 때 발발했다. 그리고 그 후로 17년간 계속되면서 대륙 전체에 거대한 상흔을 남기고서야 종결되었다.

"모두가 굶주린 시기에는 도적으로 돌변하는 이도 많은 법이죠."

인류는 용마족이라는 거대한 적과 맞서기 위해 국가도, 성별도, 신분도 초월해서 단합했다.

하지만 모든 인간이 고결했던 것은 아니다. 혼란 속에서 같은 인간을 상대로 짐승보다 못한 짓을 저지르는 이들이 산더미 같았다.

아젤은 그 사실을 적당히 얼버무려서 설명했다.

"그런 자들이 제가 살던 곳을 덮쳤습니다. 그들과 싸워서 죽인 것이 첫 실전이었군요."

아젤은 부모에 대한 기억이 없다. 그저 남겨진 유품을 통해서 자신의 성이 '제스트링어'라는 사실을 알았을 뿐이다. 그는 용마전쟁으로 발생한 난민 고아 중의 한 명이었고 사람들을 따라서 떠돌다가 산간지방에 정착해서 열 살 때까지 살았다.

그곳을 덮친 도적떼들과 맞섰던 것이 첫 실전, 그리고 첫 살인의 기억이었다.

아리에타가 놀라워했다.

"세상에는 그런 일도 있군⋯⋯."

"힘이 없어도, 나이가 어려도⋯ 싸울 수밖에 없는 순간이 오게 마련이죠."

"쓸데없는 것을 물었군. 미안하다."

"사과하실 일은 아닙니다. 저도 공주님의 옛날 일을 들었으니 비긴 걸로 해두죠."

"그런가."

아리에타는 아젤을 신기해하는 눈으로 바라보았다.

이상한 남자다. 한도 끝도 없이 의심스러운 구석으로 가득한데, 어느새 그를 믿고 의지하는 자신을 발견하게 된다. 너무 편안해서 자기도 모르게 속에 담고 있던 이야기를 하고 말았다.

잠시 어색한 침묵이 흘러갔다. 아리에타는 머뭇거리다가

화젯거리를 떠올렸다.

"검술은 누구에게 배웠는가?"

"한 사람에게 배우진 않았습니다. 처음 검술을 배운 건 같은 마을에 있던 자경단 영감님에게서였죠."

아젤에게는 처음부터 끝까지 자신을 책임지고 이끌어준 스승이 없었다. 검술도, 스피릿 오더도 인연이 있는 자들에게 조금씩 얻어 배웠다.

전장에서는 흔한 일이다. 무가(武家)에서 태어나지 않는 한 어려서부터 체계적으로 무예를, 스피릿 오더를 배우면서 자라나지 못한다. 돈 있는 자라면 교사를 초빙해서 배우겠지만 그런 축복받은 환경을 타고나는 자가 얼마나 되겠는가.

사막처럼 척박한 상황에서 발전하기란 쉽지 않다. 하지만 그것을 해내는 자만이 살아남아 강자로 추앙받는다.

"하지만 그래도 굳이 스승이라 부를 만한 이들을 꼽아본다면 한 다섯 명 정도 되겠군요."

아젤이 성장하면서 맞닥뜨린 벽을 넘도록 도와준 사람들이 있었다. 그들이 자신이 가진 것을 아끼지 않고 이끌어주지 않았다면 지금의 아젤은 없었으리라.

아리에타가 말했다.

"그대처럼 싸우는 사람은 본 적이 없다."

"그렇습니까?"

"특히 검에 미련을 두지 않는 건 정말 놀랍더군."

"무기는 소모품이니까요."

"내게 검을 가르친 자들은 검을 목숨처럼 생각하라고 했지."

"기사들이었군요."

"그렇다."

"뭐, 그렇게 생각할 수도 있죠. 하지만 전 다르게 생각합니다. 검을 쥐고 죽느니, 검을 놓고 사는 게 낫다고."

아젤은 첫 실전 때부터 그렇게 싸웠다. 아무것도 가진 게 없었기에 무기를 가진 도적을 함정으로 끌어들이고, 그의 무기를 빼앗아서 죽였다.

아리에타가 미소 지었다.

"그대는 정말로 신기한 자로다."

"이상하다는 말보다는 듣기가 좋군요."

아젤도 그녀에게 미소 지어주었다.

5

아젤이 우려한 것과 달리 용 그림자는 날이 밝을 때까지도 습격해 오지 않았다. 아무래도 한 번 감시망에서 빠져나간 뒤, 다시 일행을 포착하는 데 실패한 것 같았다.

하긴 이 넓은 숲에서 놓친 표적을 다시 찾기란 쉬운 일이 아니리라. 무엇보다 아젤과 아리에타는 적의 이목을 피하기 위해 충분한 노력을 기울이고 있었던 것이다.

아리에타가 감탄했다.

"그대의 은닉술은 참으로 신묘하군."

아젤은 몸을 감추는 데 탁월한 솜씨를 발휘했다. 그가 은닉술로 스스로를 감추고, 일행을 감추면 그들은 잠시 동안 없는 존재가 되었다. 감각이 예민한 마물이나 마수들조차도 그들을 못 보고 지나쳤다.

아젤이 말했다.

"적들이 군인이 아닌 게 다행이지요."

"어째서인가?"

"만약 적이 서부 국경수비대 출신의 정찰대원 같은 능력을 가졌다면 우리는 벗어나지 못했을 겁니다. 이동하면서 남긴 흔적을 찾아냈을 테니까요."

경험이 풍부한 아젤이지만 숲 속에서 흔적을 지우는 법은 잘 모른다. 적이 마법으로 이쪽을 찾고, 추적하기에 대응할 수 있는 것이지 숲 속을 이동하면서 남긴 흔적을 쫓아온다면 벌써 잡혔을 수도 있다.

아리에타가 납득했다.

"그렇군."

또한 그들은 부분부분 폭발적인 속도로 이동했다. 아젤이 릭을, 아리에타가 에노라를 업고 나무 위로 올라간 뒤 나무와 나무 사이를 건너뛰는 방식으로 100미터 이상을 이동하는 것이다. 이런 식으로 빠르게 이동하는 것 역시 적의 위치 예측을 비껴가는 데 도움이 된다.

아리에타 혼자였으면 벌써 도착하고도 남았을 것이다. 하지만 아젤의 마력이 부족한지라 한 번에 이동할 수 있는 거리에 제약이 있었다.

'마력 부족이 이렇게나 짜증난다는 걸 오랜만에 실감하는군.'

아젤은 한 차례 명상으로 마력을 회복한 다음 한숨을 쉬었다.

지금의 그는 체력, 근력, 마력 뭐 하나 부족하지 않은 게 없다. 특히 마력은 뭔가 스피릿 오더의 기술을 좀 사용했다 싶으면 금방 바닥나 버려서 스트레스가 심했다.

차라리 적과 싸워야 할 때는 없는 마력을 아껴 가면서 필요한 순간에 폭발력을 발휘하면 그만이다. 하지만 이렇게 꾸준히 이동해야 할 때, 주변을 신경 쓰면서 마력을 써야 할 때는 마력 부족이 문제가 된다.

'체력적으로도 힘들고.'

거의 만 하루 동안 물만 먹으면서 숲 속을 이동했다. 밤에 잠이라도 안 잤으면 슬슬 쓰러졌을지도 모른다. 아젤 말고 릭과 에노라가 말이다.

실제로 에노라는 더 이상 걸을 힘도 없어서 아리에타에게 업혀 있었다.

문득 아젤이 물었다.

"공주님. 혹시 여기서 요새까지는 얼마나 남았습니까?"

"아마도 30분 정도면 도착할 수 있으리라고 본다."

"유감스럽게도 너무 멀군요."

"왜 그러는가?"

아리에타는 아젤의 말속에서 위기감을 감지했다.

아젤이 대답했다.

"발밑의 진동에 집중하세요."

"진동이라고?"

아리에타는 그 말에 따랐다. 그리고 저 깊숙한 곳에서부터 전해지는 진동을 감지했다.

"땅 밑에서 오고 있는 자가 있는 건가?"

아리에타는 키리온을 떠올리고 말했다. 하지만 아젤은 고개를 저었다.

"아닙니다."

대답하는 아젤의 얼굴은, 아리에타가 지금까지 본 것 중에 가장 심각하게 굳어져 있었다.

쿠르르르르……

그때쯤에는 이미 릭과 에노라조차도 감지할 수 있을 정도로 진동이 강해져 있었다.

아젤이 외쳤다.

"용이 옵니다. 피해요!"

잠시 후, 그들이 서 있던 지면이 그 속을 헤집는 거대한 존재에 의해 붕괴했다. 그리고 대량의 토사가 폭발하듯 터져 나왔다.

쿠과아아앙!

그 속에서 거대한 그림자가 뛰쳐나왔다. 저토록 거대한 것이 땅속을 유영하고 있었다고는 믿을 수 없는 존재였다. 도마뱀을 좀 더 길쭉하게 늘려놓은 것 같은 실루엣에 바위 같은 질감의 흑갈색의 비늘을 가졌으며, 굴강한 뿔과 동공이 세로로 찢어진 붉은 눈동자를 가진… 머리부터 꼬리 끝까지 무려 30미터가 넘는 성채 같은 덩치의 괴물.

어떤 마수도, 마물도 대적할 수 없는 먹이사슬의 정점에 위치한 폭군.

바로 용이었다.

"정말로 용인가!"

아리에타가 경악했다.

용마인인 그녀는 용이 가까이 오는 순간 그 존재를 감지할 수 있었다. 하지만 단 한 번도 용과 가까이서 마주한 적이 없었기에 본능을 자극하는 존재감조차 반신반의했다.

그러나 지금, 지면을 폭발시키면서 하늘 높이 솟구쳐 오른 거대한 괴물을 보니 그저 경악할 수밖에 없었다. 저토록 거대한 존재가 땅속을 유영하다가 수십 미터 위쪽까지 도약하다니!

용의 덩치가 너무 커서 포물선을 그리면서 떨어져 내리는 게 느려 보였다. 작은 동산 같은 용이 지상에 착지하자 흙먼지가 폭발하듯 솟구쳤다.

쿠구구구궁!

지축이 뒤흔들리면서 대지에 발 딛은 지룡의 신형이 땅 위를 미끄러져 갔다. 지면이 뒤집어지고 아름드리나무들이 수수깡처럼 부러져서 날아가 버린다.

"세상에……."

아리에타는 할 말을 잃었다.

살면서 거대한 괴물은 많이 보았다. 그런 것들이 백성을 괴롭힐 때 나서는 것이 그녀에게 주어진 일이었으니.

하지만 용은 그녀가 보아온 그 어떤 존재보다도 거대하고, 비현실적이었다.

멍하니 서 있는 아리에타의 귓가에 아젤의 목소리가 들려왔다.

"이놈들, 용을 움직일 방법도 알고 있었나……."

그를 본 아리에타는 깜짝 놀랐다. 그가 오른쪽 어깨에는 릭을 둘러메고, 왼쪽 옆구리에 에노라를 들고 있었기 때문이다.

다가오는 용의 압도적인 존재감 때문에 정신이 없어서 두 사람을 피신시켜야 한다는 생각은 하지도 못했다. 아리에타는 부끄러움에 얼굴을 붉혔다.

아젤은 그것을 못 본 척하며 말했다.

"용이 우리를 추적한다면 달아날 수 없습니다."

"어째서인가?"

"용은 용마인의 존재를 강렬하게 느끼니까요. 그리고 인간의 존재감도."

"그랬던가?"

용과 이렇게 마주하는 게 처음인 아리에타는 모르던 사실이었다. 하지만 용이 다가올 때 자신이 그 존재감을 강하게 느꼈던 것을 생각하면 그 역도 성립한다는 말에 이의를 제기할 수 없었다.

문득 심하게 쉰 여성의 목소리가 들려왔다.

"용에 대해서 잘 아는군."

레지나가 나무들 사이에서 모습을 드러냈다. 동시에 아젤은 '시선'을 통해서 다른 적들의 존재를 감지했다.

"두 놈 더 있습니다, 공주님."

"도대체 어떻게 우리의 존재를 감지하는 건지 모르겠군. 냄새라도 나나?"

그렇게 투덜거리면서 모습을 드러낸 것은 지켈과, 비슷한 차림새의 또 다른 한 명이었다.

'키리온이라는 놈이 아니다.'

아젤은 그가 키리온이 아님을 알아보았다. 어제 입은 부상 때문에 나서지 않은 것인가?

"그래. 너희한테서는 무좀 걸린 발 냄새에다가 시궁창 냄

새를 섞어놓은 것과 비슷한 냄새가 나. 좀 씻고 다니시지 그래?'

아젤이 도발했다.

확실히 적의 은신술은 놀라웠다. 하지만 아젤에게 시선을 주고 있는 한 '보고 있다' 는 사실을 감출 수는 없었다.

레지나가 말했다.

"마음껏 지껄여라. 불길한 이름을 가진 자여, 여기가 네 무덤이 될 테니"

쿵! 쿵! 쿠웅!

그런 그녀의 뒤쪽에서 거대한 지룡이 붉은 눈동자를 빛내며 걸어오고 있었다.

6

아젤이 물었다.

"한 가지 궁금한 게 있는데……."

"뭐지?"

"내 이름이 불길하다는 게 무슨 의미지?"

"알 것 없다."

"혹시 내 이름이 아젤 카르자크와 같기 때문인가?"

"……."

아젤이 찔러본 말에 레지나가 흠칫했다. 어둠의 베일 때문에 얼굴이 보이진 않았지만 필시 동요하고 있으리라.

레지나가 말했다.

"…어떻게 알았지?"

"그냥 감으로 찍어봤어."

아젤이 얄밉게 웃었다. 그리고 말했다.

"그렇다면 너희, '용 그림자'라는 조직은 용마왕 아테인과 관련이 있겠군."

"눈치가 빠르다고 하기에는… 무슨 마음을 읽는 능력이라도 있는 게 아닌지 의심스러울 지경이군."

레지나가 차갑게 말했다.

아리에타가 중얼거렸다.

"용마왕 숭배자였나? 과연."

"용마왕 숭배자? 그런 것도 있습니까?"

아젤이 어이없어 했다.

긴 시간 동안 잠들어 있던 아젤은 몰랐지만 용마전쟁이 끝난 후, 용마왕을 숭배하는 무리들이 나타났다. 그 사특한 신앙의 중심이 된 것은 용마인들이었지만 인간들 중에도 거기에 동조하는 자들이 있었다.

인간의 권리는 모두 평등하다. 인간이 태생으로 서로의 가치를 재단하고 계급을 나누는 것은 잘못된 일이다.

오로지 지상에서 가장 우월한 존재인 용마족만이 모두의 위에 설 수 있다. 인간은 용마족의 지배를 받으면서 그 밑에서 평등한 삶을 영위해야 한다…….

이런 사상을 가진 조직은 여럿이었다. 하지만 모두가 공통된 믿음을 가졌으니 그것은 언젠가 용마왕 아테인이 올바른 세상을 만들기 위해 부활한다는 것이다.

아젤이 말했다.

"기가 막히는군."

아젤이 레지나에게 찔러본 것은 칼로스가 말해준 사실을 기반으로 유추한 사실이었다.

용마왕 아테인이 부활할 것이다.

그의 의지를 이은 자들이 암약하면서 그를 부활시키기 위해 노력하고 있다.

아젤 입장에서 그들을 용 그림자와 연관 짓는 것은 당연한 일이다. 아젤이라는 이름을 죽어 마땅할 정도로 불길하다고 하는 것 또한 그 추측을 거들었다.

아젤이 말했다.

"공주님을 납치하려는 것도 뭔가 안 좋은 일에 써먹으려고 하는 거겠지?"

"대답할 의무는 없다."

"대답하지 않아도 아니까 됐어. 그보다… 너희가 준비한 비장의 카드가 저 용이냐?"

"그렇다."

레지나는 자신만만했다. 지룡과 용 그림자의 일원 셋이라면 아리에타를 제압하고, 아젤과 릭, 에노라를 치워 버릴 수 있을 거라고 확신하고 있었다.

그리고 지룡이 움직였다.

콰콰콰콰!

지룡의 몸이 꺼지듯이 땅속으로 잠겨 들어갔다. 동시에 붕괴한 지면에서 토사가 폭발하듯 솟구쳐서 해일처럼 아젤 일행을 덮쳤다.

"공주님! 에노라 양을!"

아젤은 다급하게 외치면서 릭을 둘러메고 뛰어올랐다. 나무 위로 올라간 다음 다시 높이 솟구치는 그에게 지상에서 마법 공격이 날아들었다.

파바바밧!

그것을 막은 아젤이 지상으로 추락했다. 릭이 비명을 질렀다.

"우와아아아아아악!"

하지만 아젤은 떨어지기 직전, 마치 허공에 지면이 있는 것처럼 박차서 속도를 줄이더니 나뭇가지를 잡고 빙글 돌아서 사뿐하게 착지한다.

그 뒤쪽에서 땅이 폭발하면서 지룡의 거체가 솟구쳐 아리에타를 덮쳐 갔다.

"이런 젠장!"

지면에서 날아오르는 지룡의 모습은 마치 수면 위로 도약

하는 돌고래 같았다. 저 거구가 저렇게 움직이다니, 보기만
해도 현실감이 무너지는 것 같다.

에노라를 옆구리에 안은 아리에타가 반사적으로 검을 휘
둘렀다.

"사특한 어둠이여, 갈라져라!"

파아아아앙!

검의 궤적으로부터 섬광이 뻗어 나가 지룡에게 직격했다.

일거에 수십 마리의 마물들을 도살해 버린 빛의 검이었지
만 지룡에게는 소용없었다. 지룡은 허공에서 잠시 주춤했을
뿐, 아무 일도 없었다는 듯 낙하해 왔다.

아리에타가 아슬아슬하게 순동법으로 그 자리를 피했다.
하지만 다음 순간 용 그림자의 일원들이 날린 마법이 날아들
었다.

"으윽……!"

움직임을 제한하는 포박의 마법과 생체기능을 저하시키는
저주의 마법이었다. 레지나와 다른 동료는 둘 다 강력한 마법
사여서 아리에타조차도 그 마법을 떨쳐 버리기가 어려웠다.

그사이 나무들 사이를 질풍처럼 달려온 지켈이 아젤을 덮
쳤다.

카아아앙!

릭을 내려놓은 아젤이 그의 검을 맞받았다.

미처 흘릴 여유가 없는 일격이었다. 지켈의 검격이 너무나

강맹했기에 아젤의 몸이 뒤로 주르륵 밀려났다.

지켈이 흉흉하게 말했다.

"넌 내가 죽인다."

"별로 돌려주고 싶진 않은 말이야."

아젤이 무심하게 대답했다. 기습을 허용해서 자세가 무너졌는데도 그는 전혀 당황하는 기색이 없었다.

지켈은 그 표정에서 위협을 감지했다.

스팟!

다음 순간 뭔가가 그의 후드를 가르고 지나갔다. 어둠의 베일이 일렁거리고, 후드 위쪽이 얕게 잘려 나갔다.

"무슨 짓을······!"

급히 뒤로 물러난 지켈은 섬뜩했다. 아젤은 분명 자신과 검을 맞댄 채 밀리고 있었다. 그런데 시야 사각에서 검격이 날아들었다.

아젤이 씩 웃었다.

"글쎄, 무슨 짓을 했을까?"

"건방진 놈! 인간 주제에!"

"인류 역사상 똑같은 대사가 몇 번이나 반복되었을 거라고 생각해? 좀 창의력을 발휘해 보시지? 우둔한 용의 피 때문에 머리가 굳어서 안 되나?"

"이 자식······!"

아젤의 도발에 지켈은 울화통이 터졌지만 함부로 달려들

지 못했다. 아젤이 무슨 수를 썼는지 전혀 파악할 수 없었기 때문이다.

그를 무심하게 바라보는 아젤은 속으로 혀를 차고 있었다.

'안 좋아.'

방금 전의 한 수로 지켈에게 치명상을 입히지 못한 것이 아쉬웠다. 지켈의 경계심이 너무 강해져서 좀처럼 달려들지 않는다.

아젤이 쓴 방법은 간단하다. 또 하나의 검을 은닉술로 감춰 놓고 있다가 결정적인 순간에 사각에서 덮친 것뿐이다. 한 손으로 검을 쓰는 행동이 워낙 자연스러워서 지켈은 그가 쌍검을 썼다고는 상상도 못하고 있었다.

쿠구구구구구……!

그때였다. 대지가 진동하더니 이윽고 마치 수면처럼 출렁거렸다.

아젤이 다급한 눈으로 지룡을 바라보았다. 이윽고 지룡이 고개를 쳐들었다.

'용의 포효!'

그것은 용이 가진 힘을 한 번에 쏟아내는 재앙 같은 공격 수단이다.

아젤이 지룡이 무엇을 하려는지 깨달은 직후, 하늘을 향해 열린 아가리에서 천둥 같은 울부짖음이 터져 나왔다.

쿠과아아아아아!

폭음이 울려 퍼지면서 대지가 뒤집어졌다.

포효하는 용을 중심축으로 삼아서 지면을 타고 달려나간 충격파가 그 위에 있던 모든 것을 멸살한다. 지면이 통째로 깎여나가고 그 위에 있던 풀과 나무들이 모두 날아가 버렸으며, 대량의 토사가 해일처럼 폭발해서 모든 것을 뒤덮었다.

쿠구구구구……

반경 수백 미터를 뒤흔들며 장대하게 일었던 흙먼지가 서서히 가라앉았다.

7

용은 움직이는 재해와도 같은 존재다.

저토록 거대한 존재가 난동을 부리는 것만으로도 막대한 피해가 날 텐데, 자신이 지배하는 속성의 자연현상을 자유자재로 다루는 힘마저 지녔다.

다행히 용들은 좀처럼 인간들과 부딪치려 하지 않았다.

그 습성을 보면 자신의 영역을 정해두고 그 안에서는 폭군으로 군림하는 맹수들과 닮았다. 그런데도 이상할 정도로 인간의 영역에 접근하는 것을 꺼려했다.

그럼에도 인간들은 용들에 대해 많은 지식을 가졌다. 때때로 용과 인류가 충돌했을 때, 단 한 개체를 상대했다고는 믿을 수 없을 정도로 막대한 피해가 발생했기 때문이다.

하지만 그 지식을 배워 알고 있었음에도… 아리에타는 사실은 자신이 용에 대해 아무것도 모르고 있었다는 것을 깨달았다.

'대적할 수 없다.'

지난 2년간 그녀는 사악한 흑마법사도, 미쳐 버린 용마인도 상대해 보았다. 여기 와서 용 그림자의 일원들과 맞서면서도 동요하지 않은 것은 그런 경험이 있었기 때문이다.

그러나 눈앞의 지룡은 차원이 달랐다. 그저 자신을 향해 덮쳐 오는 거체를 피해 도망 다니는 것만으로도 벅찼다.

'에노라는…….'

그런데다 아리에타에게는 지켜야 할 상대까지 있었다. 그녀에게 안긴 에노라는 창백한 안색으로 기절해 버렸다.

평범한 어린 소녀가 정신적으로 견뎌낼 수 있는 상황이 아니다. 게다가 육체적인 부담까지 가해졌으니…….

'더 이상 순동법을 쓰는 건 위험하다.'

한순간에 수십 미터의 거리를 이동하는 순동법은 육체에 막대한 부하를 건다.

용마인인 아리에타는 타고난 육체가 일반인과는 비교를 불허할 정도로 강건하며 용마력으로 스스로를 보호한다. 하지만 에노라는 단 한 번 순동법의 부하가 걸린 것만으로도 기절했다.

쿵! 쿠웅……!

그런 그녀 앞에서 흙먼지를 헤치고 지룡이 다가오는 발소리가 울린다.

이 상황에서 순동법도 안 쓰고 피할 수 있을까? 지룡이 한 번 움직일 때마다 주변이 광범위하게 초토화되고, 또 용 그림자의 일원들이 발목을 잡아대는데?

'안 돼…….'

아리에타는 암울한 절망을 느꼈다. 살면서 이토록 답이 안 나오는 상황에 처해본 적이 있었던가?

그때였다.

"어쩔 수 없군."

아젤의 목소리가 들렸다.

아리에타는 놀라서 목소리가 들려온 곳을 바라보았다. 그곳에는 어깨에 기절한 릭을 둘러멘 채로 검에 묻은 피를 털면서 걸어오는 아젤이 있었다.

아리에타가 멍하니 중얼거렸다.

"아젤 제스트링어……."

"카드가 뭔지 보지도 않고 뒤집는 건 별로 취향이 아니지만… 칼로스 녀석이 죽어서도 심술궂으니 원."

아젤은 피식 웃으며 릭을 아리에타 옆에 내려놓았다. 그때 뒤에서 증오에 찬 목소리가 들려왔다.

"너 이 자식……!"

"그걸 맞고도 살아 있었어? 튼튼하네."

아젤은 다 알고 있었으면서도 뻔뻔하게 말했다. 흙먼지 너머에서 지켈이 비틀거리면서 모습을 드러냈다. 그런데 그의 가슴이 크게 베어져서 피를 대량으로 흘리고 있었다.

조금 전, 지룡이 용의 포효를 발했을 때 지켈은 당황한 나머지 완전히 무방비 상태가 되어 있었다. 아젤은 곧 덮쳐 올 재앙을 피하는 것보다도 그런 지켈을 공격하는 것을 우선시했던 것이다.

그 결과 지켈은 치명상을 입었다. 아무리 강건한 육체를 가진 용마인이라 할지라도 당장 치료하지 않으면 위험한 상처이리라.

아젤이 코웃음을 쳤다.

"흥. 숨통을 끊어 놓고 싶지만… 이제 너 따윌 상대할 시간이 없다."

"뭐라고? 이노오오옴……!"

"지켈! 그만둬!"

뒤늦게 상황을 파악한 레지나가 다급하게 외쳤다. 하지만 이미 지켈은 폭발한 뒤였다. 용마력이 분노에 호응해서 폭풍 같은 파동을 쏟아내고, 푸른 불길을 휘감은 지켈이 아젤을 덮쳤다.

푸욱!

섬뜩한 파육음이 울렸다.

"어……?"

막 순동법으로 아젤을 덮치려던 지켈이 갑자기 멈춰 서서 명청한 신음을 흘렸다.

두 자루의 검이 그의 몸을 꼬치처럼 관통하고 있었다.

"이건 도대체 어디서……."

"말했잖아? 너 따위 상대할 시간이 없다고."

아젤이 차갑게 웃었다. 그리고 경멸마저 엿보이는 눈으로 지켈을 바라보았다.

"시선을 다룰 줄도, 의념의 흐름을 읽을 줄도, 심지어 상대를 관찰하는 눈조차 갖추지 못한 놈이 감히 내게 대적하려 하다니… 네가 지닌 강대한 힘에 사죄해라. 요즘 용마인들은 다들 이렇게 수준이 낮은가?"

아젤은 단 한순간도 지켈의 위치를 놓치지 않았다. 치명상을 입혀 놓은 상황에서 그가 올 방향을 예측하고, 거기에 계속 숨겨 놓고 있던 두 자루의 검을 함정으로 깔아둔 것이다. 미리 마력을 담아서 원격으로 날아들게 만드는 것 정도는 아젤에게는 손쉬운 재주였다.

"이런… 바보 같… 은……."

폐와 심장을 관통당한 지켈은 그대로 절명했다.

레지나와 그 동료는 전율했다. 눈앞에서 동료가 죽은 분노보다도, 싸늘한 눈으로 자신들을 바라보는 아젤에 대한 공포가 컸다.

'이자는 도대체 뭐지?

느껴지는 마력은 한 줌밖에 안 된다. 지금까지 그녀가 죽여 온 인간들 중에 그보다 마력이 강한 자들은 셀 수도 없을 정도로 많다.

그런데… 도무지 바닥이 안 보인다.

객관적인 전력 차가 절대적으로 큰데도 매번 말도 안 되는 수법으로 상대를 쓰러뜨린다. 도대체 어떤 마술을 쓰고 있는 것인가?

쿵… 쿵… 쿠웅……!

그렇게 대치하고 있는 동안에도 지룡은 계속해서 가까워져 왔다. 아젤이 말했다.

"공주님, 릭과 에노라 양을 데리고 도망치세요."

"…뭐라고?"

"저 용은 제가 막습니다."

"무, 무슨 소리를 하는 건가?"

아리에타는 어처구니가 없었다.

아젤이 강하다는 것은 잘 알았다. 그는 겉모습만으로는 그 진정한 힘을 가늠할 수 없는 존재였다. 적어도 싸움에서 구사하는 기술면에서 아리에타는 그의 발끝에도 못 미친다.

그러나… 용을 상대하는 것은 완전히 별개의 문제다. 아무리 기술이 뛰어난 자라고 하더라도 압도적인 힘이 없다면 어떻게 용을 상대하겠는가?

아젤이 쓴웃음을 지었다.

"사실 저한테는… 굉장히 심술궂은 친구가 있습니다."

"……?"

"꼭 사람의 바닥을 보고 싶어 해요. 당장 도와줄 수 있으면 서도 사람의 가치를 판단하기 위해서 궁지에 몰리는 것을 보 고만 있죠. 뭐, 가끔은 기가 막히게 생색낼 수 있는 타이밍을 기다릴 뿐인 때도 있습니다만."

"…별로 상종하고 싶은 인간은 아니로군."

"맞습니다. 그런데 이놈이 또 가치를 인정한 상대에게는 간이라도 빼 줄 듯이 잘해준단 말입니다. 심지어는 자기 목숨 까지 걸어요."

아젤이 기억하는 칼로스는 그런 남자였다. 모두가 꺼려했 던, 하지만 너무나도 유능하기에 의존할 수밖에 없었던 괴짜 마법사.

"그래서 전 그놈을 믿습니다."

"그게 지금 무슨 상관인가?"

"상관있지요."

아젤이 그렇게 말하면서 지룡 앞에 나섰다. 지룡은 자신을 바라보는 아젤의 시선에 반응한 듯 멈춰 서더니 고개를 갸웃 했다.

"용이여."

아젤이 말했다.

"내 이름은 아젤 제스트링어."

그리고 오랫동안 기억 속에 묻어두었던 절대적인 시련의 이름이 아젤의 입에서 흘러나왔다.

"용살(龍殺)의 의식에 도전한다."

8

용 그림자의 일원 키리온은 칼로스의 유적으로 추정되는 지하 건축물 안에 들어와 있었다.

전날 아젤에게 입은 부상 때문에 추가로 도착하는 인원과 함께 유적을 살피라는 명령을 받았던 것이다. 불만스러웠지만 자기보다 지위가 위인 레지나의 명인지라 따르지 않을 수 없었다.

"이건 뭐든지 다가가기만 하면 폐기되는군."

키리온의 목소리에서 분노가 드러나자 조직에서 온 지원 인력이 투덜거렸다.

"어쩔 수 없다. 이건 처음부터 외부인에게 안에 있는 것을 넘기지 않으려고 작정을 했어."

이 외진 곳까지 하루 만에 파견될 수 있는 인력이라야 뻔했다. 키리온과 마찬가지로 용마인 마법사 한 명이 와 있었다.

음침한 기운을 풍기는 흑마법사였다. 키리온 자신도 사람 목숨을 파리 목숨처럼 여기기는 하지만, 죽음 그 자체를 도구로 이용하는 흑마법사가 풍겨내는 기운은 오싹했다.

그래도 실력만큼은 인정하지 않을 수 없었다. 키리온은 아무리 용을 써도 열 수 없었던 유적의 방어 체계가 그가 나선 지 열두 시간 만에 열렸다.

문제는 그다음이었다.

우려했던 것과 달리 유적 안에는 침입자의 목숨을 위협하는 요소들이 없었다. 하지만 그 안에 보관되어 있던, 필시 대마법사 칼로스가 가치를 인정한 유물들은 다가가기만 해도 폐기되었다.

흑마법사가 말했다.

"무슨 의도로 만든 유적인지 알 수가 없군. 외부인이 접촉만 해도 유물들이 망가진다니……."

보통 유적들은 가치 있는 유물을 보관하기 위한 공간이다. 따라서 견고한 방어 체계로 유물들을 보호해 두지만, 침입자의 손에 유물을 넘기지 않기 위해 폐기해 버린다는 극단적인 수단이 동원되는 경우는 정말 드물다.

그런데 이 유적은 이상했다. 견고한 방어 체계 따윈 존재하지도 않고 그냥 침입자가 다가가기만 하면 유물들을 폐기해 버리고 있었다.

"이제 여기만 남은 것 같은데……."

키리온과 흑마법사는 유적의 중심부에 도착했다. 여기까지 오는 동안 일곱 개의 유물이 폐기되는 것을 눈 뜨고 지켜볼 수밖에 없었다.

그리고 이 중심부에는… 청백색의 빛으로 이루어진 수정 같은 무언가가 있었다.

키리온이 중얼거렸다.

"이건 뭐지? 환영인가? 아니면 에너지체?"

빛으로 이루어진 구조물은 실존하는 물체라는 느낌이 없었다. 강력한 힘이 집약된 환영, 혹은 에너지체로 추정되었다.

그러나 흑마법사는 부정했다.

"아니, 이건 결계다."

"결계라고?"

"엄청나게 밀도 높은 결계로 뭔가를 감싸 놨군. 그런데……."

흑마법사는 마법을 써서 그것에 접촉하려고 했다. 그때였다.

우우우우웅……!

갑자기 빛의 구조물이 격하게 진동하면서 열리기 시작했다. 키리온과 흑마법사가 놀라서 물러났다.

"뭐지?"

"알 수 없다. 하지만 혹시 모르니 충격에 대비해라."

흑마법사는 긴장한 기색으로 방어막을 펼쳤다. 빛의 구조물이 내뿜고 있는 마력은 막대했다. 저것이 파괴를 목적으로 폭발한다면 이 유적쯤은 한순간에 날아가 버릴 것이다.

하지만 그들이 두려워하는 일은 없었다. 격하게 진동하던 빛의 구조물이, 어느 순간 꺼지듯이 사라져 버렸기 때문이다.

키리온이 멍청하니 중얼거렸다.

"대체 뭐야, 저건?"

"아무래도……."

흑마법사가 손을 턱으로 가져가며 말했다.

"공간을 도약해서 어디론가 날아간 것 같은데?"

9

아리에타는 멍청하니 중얼거렸다.

"용살의 의식이라고? 그게 뭐지?"

그 말에 잔뜩 각오를 굳히고 지룡을 노려보던 아젤은 맥이 탁 풀렸다. 그가 어이없다는 듯 아리에타를 바라보았다.

"용살의 의식을 모른단 말입니까?"

"처음 들어본다."

"…이 시대는 도대체 뭐가 어떻게 된 거야?"

아젤은 맥이 풀려서 중얼거렸다.

용살의 의식.

그것은 태곳적에 용들이 인간들을 상대로 맺은 맹약으로 이어져 내려온 의식이다.

용들이 탐내는 지혜를 가진 인간들이 용살의 의식을 원하면, 용들은 받아들인다. 용들이 이 의식을 거부하는 일은 없다고 봐도 좋다. 왜냐하면 이 의식이야말로 용들이 절실하게 원하는 것, 즉, 지혜를 얻을 수 있는 방법이기 때문이다.

이 의식은 일대일의 사투(死鬪)다. 용에게 도전한 자와 용이 일대일로 싸운다.

용이 이기면 도전자는 용에게 통째로 잡아먹힌다. 이것은 용이 그냥 사람을 잡아먹는 것과는 다르다. 용살의 의식에서 승리함으로써 용은 도전자가 지녔던 지혜의 일부를 자신의 것으로 할 수 있다.

그리고 도전자가 이겨서 용살에 승리한다면, 도전자는 용의 피를 마시고 용이 지녔던 힘의 일부를 취할 수 있다.

인간과 용이 목숨을 걸고, 서로가 지닌 지혜와 힘을 대가로 삼아 싸우는 결전, 그것이 바로 용살의 의식이었다.

설명을 들은 아리에타가 당황했다.

"처음 들어보는 이야기다."

"…도대체 그동안 무슨 일이 있었는지 모르겠군."

아젤은 답답해하며 중얼거리고는 지룡을 노려보았다.

잠시 후, 지룡이 고개를 끄덕였다. 용살의 의식을 받아들이겠다는 의사 표현이었다.

"좋아."

아젤은 검을 들어서 레지나를 겨누었다.

"레지나라고 했던가? 너도 용살의 의식을 모를 수도 있으

니 경고하지. 용살의 의식에는 절대적으로 지켜지는 조건이
있다. 바로 일대일이라는 점이다."

즉, 아젤과 지룡이 용살의 의식을 치르는 동안에는 누구의
개입도 허락되지 않는다. 이를 방해하는 자는 용의 분노를 받
게 될 것이다.

"뭐라고?"

레지나도 처음 듣는 사실이었는지 경악했다.

아젤은 아리에타를 돌아보며 말했다.

"릭과 에노라 양을 부탁합니다."

"정말로 혼자서 용에게 도전할 생각인가?"

"도전할 생각인 게 아니라 이미 했습니다. 저 용이 허락한
이상, 용살의 의식은 시작된 거고요. 이제 무를 수도 없어요.
그러니까… 가세요."

아젤은 아리에타를 보며 씩 웃었다. 당혹감 가득한 노을빛
눈동자를 보면서 옛날 생각이 났다.

'그래. 남을 위해 목숨을 거는데 무슨 이유가 필요한가?'

늘 그런 식이었다. 잘 알지도 못하는 누군가를 구하기 위해
목숨을 걸고 검을 들었다.

혼자 살고자 한다면 쉽게 그럴 수 있을 것이다. 그녀를 적
에게 내주고 홀로 도망쳤으면 그만이다. 투덜거리면서도 그
녀와 함께하기로 했을 때, 이미 이런 순간은 예고되어 있었
다.

아젤이 앞으로 달려나가면서 말했다.

"뒷일은 공주님 몫입니다. 살아서 다시 만나죠."

"잠깐……!"

아젤은 그녀의 말을 무시하고 지룡에게 달려들었다. 그리고 마침내 용살의 의식이 시작되었다.

쿠과아아아아!

순동법으로 달려드는 아젤 앞에 거대한 흙의 벽이 나타났다. 아젤은 곧바로 방향을 틀어서 옆으로 빠져나갔다.

그곳은 레지나와 그 동료가 있는 방향이었다. 둘이 자기들 앞쪽에 나타난 아젤에게 당황하는 순간, 지룡이 울부짖었다.

크아아아아아!

지면이 통째로 뒤집어지면서 흙의 파도가 날아들었다.

"나도 예전부터 파도타기를 좋아했지!"

아젤은 그렇게 말하면서 가속했다. 레지나가 경악했다.

"아니!?"

놀랍게도 아젤은 밀려드는 흙의 파도를 타고 달리고 있었다. 솟구치는 토사의 물결을 따라서 위로 달려 올라가더니 그대로 위로 솟구쳐서 뛰어넘는다.

그 직후 흙의 파도가 그들을 덮쳤다. 둘은 욕설을 내뱉으면서 그곳에서 이탈했다.

"하아!"

원하는 상황을 만든 아젤은 흙의 파도 꼭대기에 이르는 순간, 순동법으로 가속해서 지룡에게 쏘아져 나갔다.

파창!

지룡이 잽싸게 목을 틀었지만 그 거체로 피하는 것은 무리였다. 아젤의 검격이 지룡의 목을 긁고 지나갔다.

"크……!"

하지만 절호의 공격을 성공시킨 아젤의 안색은 좋지 못했다. 아젤이 투덜거렸다.

"젠장. 역시 지금 힘으로는 무리인가?"

지룡은 상처 하나 없이 아젤을 돌아보고 있었다. 아젤의 검격이 격중한 목에는 흐릿한 흔적만이 남아 있을 뿐이다.

용의 비늘은 그 자체로도 강철보다도 단단하다. 거기에 용이 지닌 강대한 마력이 그 몸을 보호하니 웬만한 위력으로는 상처조차 낼 수 없었다.

현재의 아젤은 무슨 수를 써도 용에게 상처를 입힐 수 없다. 아무리 기술이 뛰어나도 힘이 없다면 용에게 살해당할 뿐이다.

아젤은 긴장한 눈으로 지룡을 노려보며 중얼거렸다.

"칼로스, 이만하면 되지 않았어? 슬슬 준비했다는 거, 내놔."

'어떻게 알았지?'

갑자기 아젤의 마음속에서 타인의 목소리가 울려 퍼졌다. 그것은 바로 꿈속에서 들었던 칼로스의 목소리였다.

"나만큼 널 잘 아는 사람이 또 있을 것 같아? 나이 먹고 머리 벗겨졌다고 네 성질머리가 좋아졌을 턱이 있나?"

'그 이야기는 하지 말랬지!'

칼로스의 사념체가 신경질을 냈다. 아젤은 피식 웃었다.

"그리고 내 영맥에 있는 사념체가 사라졌는지 아닌지를 내가 모를 리가 없잖아?"

'내가 죽을 때까지 처잔 주제에 감은 무뎌지지 않은 모양이군.'

칼로스의 사념체가 코웃음을 쳤다.

아젤이 아리에타에게 넌지시 칼로스의 이야기를 했던 것은, 꿈에서 작별 인사를 했던 그의 사념체가 실은 사라지지 않고 잔존해 있음을 알아차렸기 때문이었다. 아젤이 아는 칼로스의 성격을 고스란히 물려받은 사념체는 지금까지의 경과를 낱낱이 살펴보면서 가장 생색낼 수 있는 절호의 타이밍을 기다리고 있었던 것이다.

"크르르?"

그 앞에서 지룡이 고개를 갸웃했다. 마치 아젤의 내면에서 이루어지는 대화를 듣기라도 한 것처럼 의아함을 드러내고 있었다.

아젤이 말했다.

"지금의 나로서는 어떻게 해볼 도리가 없는 위기다. 심술 그만 부리고 도와줘."

'어쩔 수 없지.'

칼로스의 사념체가 한숨을 쉬었다.

'그럼 진짜 작별이다. 좀 더 지켜보고 싶었는데 뜻대로 안 되는군. 네 팔자는 왜 이리도 사나운지 원.'

"그러게 말이다. 반가웠다. 정말로."

'낯간지러운 소리 하기는. 죽지 마라.'

칼로스의 사념체가 코웃음을 쳤다. 그리고 아젤의 영맥에 잔존해 있던 그의 존재가 완전히 소멸해 가면서, 200여 년간 보존되었던 비장의 마법이 발현되었다.

우우우우우우!

아젤에게서 눈부신 빛이 일어나면서 대기가 진동했다. 갑작스러운 현상에 지룡이 움찔하며 뒤로 물러났다.

그리고… 하늘에서 섬광이 내리꽂혔다.

쬐과광!

천둥 소리가 울려 퍼지면서 지축이 뒤흔들린다. 그리고 그 속에서 푸른색 광택을 흘리는 한 자루 검이 모습을 드러냈다.

"네가 안배해 둔 게 이거였나."

자신을 휘감은 빛 속에서 아젤이 손을 내밀어 그 검을 잡았다.

"설마 내 용마검을 220년이 지날 때까지 보존해 두다니… 정말 대마법사 소리 들을 만하군? 이건 상상도 못했어, 정말로."

용마검.

그것이야말로 아젤이 용마왕 아테인과 결전을 벌일 때 썼던 무기였다. 세상에 단 하나뿐이며, 주인인 아젤 말고는 아무도 사용할 수 없는 검.

그것은 검의 형상을 하고 있으되 아젤이 직접 만들어낸 영혼의 분신이었다. 아젤의 의념과 마력을 존재하기 위한 양분으로 삼는 이 검을, 220년 동안이나 보존해 두었을 줄이야.

후우우우우우!

섬광이 흩어지면서 돌풍이 휘몰아쳤다. 휘날리는 붉은 머리칼 아래로 아젤의 푸른 눈동자가 그 어느 때보다도 강렬하게 빛났다.

모습을 드러낸 아젤의 손에는 푸른 광택을 흘리는 검이 쥐어져 있었다. 지상에 존재하는 금속으로는 낼 수 없는 광택은 생명의 고리 이상으로 강대한 마력을 응집시켜서 인간의 심상대로 물질화시킨 결과물이었다.

용마검을 쥔 아젤의 몸에 힘이 넘쳤다. 용마검으로부터 흘러들어 온 마력이 영맥을 가득 채우고 생명의 고리를 미친 듯이 진동시켰다.

"유감스럽게도 이 순간만의 기적이겠지만……."

아젤이 광채를 담은 푸른 눈으로 지룡을 바라보았다.

"용마왕을 쓰러뜨린 인간의 힘, 보여주지."

그리고 푸른 폭풍이 휘몰아치기 시작했다.

CHAPTER **05**
용마검(龍魔劍)

魔展
龍劍

1

　그 순간, 온 대륙에 있는 용의 피를 가진 존재는 모두 전율했다.

　"새로운 용마기(龍魔器)가 태어났다……?"

　그렇게 중얼거린 것은 어둠 속에서 명상에 잠겨 있던 여자였다. 강대한 마력을 몸에 두른 그녀는 아득히 먼 곳에서 일어난 일을 감지하고 있었다.

　용마기.

　그것은 용의 힘으로 정련된, 영혼을 재료로 삼아 탄생한 진정한 마법의 병기를 일컫는 말이다.

　어둠 속에서 다른 목소리가 들려왔다.

"용마기라고?"

"그럴 리가?"

"지금의 시대에 용마기가 태어났을 리가 없다."

"용살의 의식조차 잊힌 이 시대에."

그것을 시작으로 수많은 목소리가 날아들기 시작했다.

여자가 말했다.

"이 느낌은… 분명해. 우리의 영역 밖에서 새로운 용마기가 태어났다."

"그 느낌이 정확하다는 데 동의한다. 이 느낌은… 잊을 수 없지."

"그러나 새로운 용마기가 탄생했을 리가 없다."

"용마기의 탄생에 우연은 없으니."

"모든 전승을 끊고, 거기에 이르는 스피릿 오더의 비전을 훼손시켰거늘."

그들은 무시무시한 이야기를 하고 있었다. 정확한 뜻을 알수 없으나, 뉘앙스로만 봐도 역사적인 규모의 조작을 행하고 있었음이 드러난다.

"하지만 후자의 가능성은 있지. 우리가 죽이지 못한 용마기의 주인이 잠들었다가 깨어나, 자신의 용마기를 복원했을 가능성이……."

"우리의 기록에 남아 있는 한, 우리에게 속하지 않은 마지막 용마기의 주인이 죽은 것은 60년 전이다. 그만큼이나 잠들어 있었을 리가 없다."

"혹은 정말로 새로운 용마기가 태어났을 수도 있지. 우리가 해온 일이 완벽했다고 자신할 수 있는가? 이 넓은 세상에, 그토록 많은 인간이 있는데도?"

"으음……!"

어둠 속에 잠시 침묵이 흘렀다.

곧 여자가 말했다.

"지금으로서는 일단은 지켜보는 수밖에 없겠군. 새로운 용마기의 주인이 세상에 드러날 때까지……."

2

흩어지는 섬광의 파편들 사이에서 붉은 머리칼이 휘날리고 있었다.

푸른 광택이 흐르는 용마검을 쥔 순간, 아젤은 전신에 힘이 용솟음치는 것을 느꼈다. 깨어난 후로 죽 그를 짓누르던 무기력감은 온데간데없고 그 옛날, 용마전쟁에서 폭풍처럼 전장을 휩쓸던 때의 자신이 되살아났다.

그 활력이 주는 흥분 속에서도 아젤은 최대한 냉정하게 상황을 파악하려 애썼다.

'그래도 막 깨어났을 때의 나보다는 상태가 좋군.'

강맹함 힘을 뿜어내고 있기는 하지만 용마검의 상태는 좋지 않았다. 사람으로 치면 일어나 있기도 힘들어 하는 병자 같은 상태다.

하긴 그럴 수밖에 없다. 이 용마검은 기나긴 겨울 동안 동면하면서 몸에 축적된 힘을 소진해 버린 맹수나 마찬가지였으니까.

탄생하는 순간에 부여받은 이름조차 떠올리지 못한다. 아젤과 함께 연마해 온 진정한 능력도 끌어낼 수 없다.

그저 오랜 시간을 뛰어넘어 재회한 아젤을 위해 자신의 존재를 불태울 뿐이다.

크르르르…….

지룡이 전율했다. 자신에게 도전해 온 인간이 발하는 힘은 조금 전까지와는 격이 다르다. 용조차도 두렵게 할 만한 위압감을 발하고 있었다.

쿵!

작은 인간의 육체가 한 발 내딛자 지축이 뒤흔들린다.

쿵!

또 한발 내딛자 대기가 진동하며 돌풍이 휘몰아쳤다.

"자, 와라."

아젤이 씩 웃으며 용을 도발했다.

인간과 용이 대등한 존재감으로 대치하고 있었다. 지룡은 이해할 수 없는 사태에 맞닥뜨렸으면서도 멈추지 않았다.

용살의 의식은 시작되었다. 이 의식은 한쪽이 죽기 전에는 끝나지 않는다.

도망칠 수는 없다. 양자의 합의로 시작된 이 의식에서 도망치는 자는 저주를 받아 죽는다.

크르르르…….

지룡에게서 막대한 마력 파동이 뿜어져 나왔다. 곧 지룡이 하늘을 올려다보며 울부짖었다.

크아아아아아!

용이 발하는 궁극의 파괴 수단, 용의 포효!

반경 수백 미터를 일거에 뒤집어놓는 공격이 시작되었다. 한번 만신창이가 된 숲이 다시 한 번 재앙을 맞이한다.

그러나 포효가 울려 퍼지는 순간, 아젤의 모습이 사라진다.

콰하하핫!

막 포효하던 지룡이 숨을 삼키며 휘청거렸다. 용의 포효가 제대로 발휘되기 전에 그 목에 긴 상처가 생기면서 붉은 피가 튀었다.

크어어엉!

지룡이 격통에 비명을 질렀다. 생전 처음 겪어 보는 아픔이었다. 알에서 깨어난 지 백수십 년, 부모에게서 독립해서 발란 숲 한구석에 자리 잡은 뒤로 그에게 상처를 입힐 수 있는 존재는 없었다.

그런 지룡에게 아젤의 목소리가 들려왔다.

"이제 보니 어린 용이군."

아젤은 반쯤 쓰러진 나무 위에 서서 지룡을 관찰하고 있었다.

집채보다 더 큰 덩치를 가진 지룡에게 '어리다'는 표현을 쓰는 것은 괴이한 일이다. 용은 수명이 천 년에 달하지만, 알에서 깨어난 지 30년이면 성장이 끝나서 그 후로는 천적이 존재하지 않는 궁극의 폭군이다.

눈앞의 지룡은 성장이 끝난 성체다. 용은 성장기가 끝난 후에도 미세하게 성장을 계속하기는 하지만 저 정도면 앞으로 수백 년이 지나도 얼마나 커졌는지 변화를 알기 어려울 것이다.

그럼에도 아젤은 지룡을 어리다고 판단했다. 왜냐하면 단 한 번의 공방만으로도 경험이 없고 미숙함을 알 수 있었기 때문이다.

'사람들이 용살의 의식을 잊어도 용들은 잊지 않는다. 그렇지만 용살의 의식을 안다고 사투를 아는 것은 아니라 이건가?'

용살의 의식은 태곳적, 누구인지 알 수 없는 강력한 마법사가 용과 나눈 맹약이다.

용들은 우둔하지만 용살의 의식에 대한 지식은 그들의 피에 각인되어 전승되어 왔다. 모든 생명이 누가 가르쳐 주지 않아도 태어나면서부터 숨 쉬는 법을 알 듯이 모든 용은 용살의 의식이 무엇인지 알고 있다.

하지만 용살의 의식을 안다는 것이 그걸 수행해 봤다는 뜻은 아니다.

용은 기본적으로 싸우는 법을 잘 모른다. 타고난 무기가 너무 강력하다 보니 그걸 휘두르는 것만으로도 쉽게 승리를 취해왔기 때문이다.

그렇기에 다른 용과 싸워 본 경험이 있는 용과 그렇지 않은 용은 차이가 크다. 그리고 용살의 의식을 경험해 본 용은 더더욱 위험하다.

이 지룡은 둘 중 어느 쪽도 아니다. 다른 용과 싸워본 적도 없고, 용살의 의식도 이번이 처음이다. 아젤은 그 사실을 확신했다.

'경험이 있다면 용의 포효를 저런 식으로 쓰지 않지.'

용의 포효는 고작 한 인간을 멸하기에는 지나치게 큰 힘이다. 비유하자면 개미 한 마리를 죽이겠다고 공성병기를 휘두르는 것과 마찬가지다.

게다가 발휘할 수 있는 최대치의 힘을 한 번에 쏟아내기에 방어가 취약해진다. 몸을 지키는 힘이 약해져서 평소라면 흠집조차 낼 수 없는 위력으로도 상처를 줄 수 있게 된다.

조금 전, 아젤의 일격이 꽤 깊은 상처를 낸 것도 그런 이치였다.

크르릉! 카릉!

지룡이 위협적으로 울부짖었다.

지룡에게 있어서 아젤은 처음으로 맞이하는 강적임이 틀림없다. 지금까지 쉽게 짓눌러 죽여왔던 사냥감들과는 다른, 동족과도 필적하는 위협!

그동안 목에 난 상처가 급격하게 나아간다. 인간이라면 목숨이 오락가락할 만한 상처였는데도 금세 씻은 듯이 나아버리는 것이다. 경이로운 재생력이었다.

'이제부터가 진짜겠지?'

아젤의 예상대로였다. 발밑의 흙이 폭발하면서 돌멩이들이 마치 화살처럼 쏘아져 나왔다.

퍼퍼퍼퍼펑!

돌들이 쏘아지는 기세가 어찌나 강했는지 아름드리나무에 구멍이 뚫려 버린다.

하지만 아젤은 이미 그 자리에 없었다. 순동법으로 한순간에 위치를 바꾸고 지룡의 행방을 좇는다.

지룡 역시 그 자리에 멈춰 있지 않았다. 땅속으로 들어가서 모습을 감추었다.

'역시! 그렇게 나와야지.'

아젤은 자신이 흥분하고 있다는 사실을 자각했다.

생각해 보면 최초의 일격을 먹인 뒤로 지룡이 회복할 때까지 기다린 것부터가 자신답지 않은 짓이었다. 거기서는 지룡이 당황하고 있는 틈을 찔러서 단숨에 결판을 지었어야 했다. 그랬다만 어이없을 정도로 쉽게 용살을 성공했으리라.

하지만 깨어난 후 며칠 동안 스스로의 무력함에 스트레스를 받다가 용마검을 손에 넣으니 그 힘을 실감하고 싶은 욕구가 폭발했다. 그래서 용을 상대로 여유를 부리는 당치 않은 짓을 저지른 것이다.

'힘에 취해서 빈틈을 드러내다니 나도 어쩔 수 없는 놈이군.'

아젤은 스스로의 안이함을 탓하면서 마음을 다잡았다. 그는 지금의 세계가 어떤지 모른다. 무지한 상태에서 이런 식으로 방심했다가는 목숨이 날아가기 딱 좋다.

쿠구구구구······.

지룡이 땅속을 고속으로 이동하는 여파로 발밑이 진동한다. 마치 폭발 직전의 화산 같은 진동이다.

아젤은 지룡의 위치를 가늠했다. 지룡은 아마 아젤이 땅에 발 딛고 있는 한 그 위치를 손바닥 보듯이 파악하고 있을 것이다.

하지만 아젤 역시 지룡의 위치를 정확히 알고 있었다. 용마검을 손에 쥐어서 힘이 회복된 지금, 눈에 보이지 않는 것 정도로는 그의 감각을 피하지 못한다.

'지금!'

곧 아젤은 보호의 마력으로 온몸을 두른 채 전광석화처럼 움직였다.

파학!

뛰어오르는 지룡의 몸을 푸른 섬광이 가르고 지나갔다.

'얕았어!'

지룡의 몸에 긴 상처가 생겨서 피가 쏟아져 나왔다.

하지만 얕았다. 두터운 거죽을 갈라서 피가 나왔지만 그뿐, 사람으로 치면 거죽이 살짝 베인 정도다.

오히려 손해를 본 쪽은 아젤이다. 반동으로 하늘 높이 날아오른 데다가 근육이 찢어지는 것처럼 아프다.

'젠장! 역시 지금 상태로는 힘으로 어떻게 해볼 생각은 접어야겠군.'

스피릿 오더가 인간의 한계를 초월한 힘을 발휘하게 해준다 하나 그것을 사용하는 것은 결국 인간의 육신이다. 육체가 강건하면 강건할수록, 그리고 공들여서 마력으로 강화해 두면 강화해 둘수록 더 강한 힘을 발휘할 수 있다.

현재 아젤의 육체는 형편없었다. 깨어난 지 며칠 만에 사람다운 모습을 되찾기는 했지만, 그뿐이다. 용마검에서 공급받는 힘을 제대로 활용할 만한 기반이 없는 것이다.

'하지만 잔재주는 통하지 않고.'

그렇다면 여태까지 적들을 상대한 것처럼 전술적으로 승리를 모색해야 한다. 감각을 속이고, 방심을 유도하고, 허를 찔러서 우위를 확보하는 게 옳다.

문제는 용에게는 그런 수단이 거의 통용되지 않는다는 것이다.

용의 감각은 현혹할 수 없다.

마법으로도, 스피릿 오더의 의념을 이용하는 기술로도 용의 정신과 감각을 인위적으로 왜곡하는 게 불가능하다. 그것만으로도 아젤이 선택할 수 있는 전술의 대부분이 차단되고 만다.

캬아아아아!

땅속을 유영하다가 튀어나온 지룡이 울부짖자 땅이 흔들린다. 서 있기가 불가능할 정도로 진동이 심한 데다가 이미 엉망진창으로 뒤집어진 지면의 토사가 파도치며 흐르기까지 한다.

인간이 힘을 발휘하기 위해서는 땅에 안정적으로 발을 디뎌야 하는 게 필수다. 하늘을 새처럼 날아다니는 마법사라면 모를까, 무예를 사용하는 자라면 지면이 불안정한 상태에서는 제대로 힘을 쓸 수 없다.

그렇기에 하체를 단련해서 균형감을 강화하는 것은 굉장히 중요하다. 아젤도 극한까지 균형감을 단련했고 예전이라면 적이 휘두르는 검을 피해 칼날 위에 올라탈 수도 있었다.

하지만 그런 균형감조차도 이런 상황에서는 무의미하다.

그것은 마치 계속해서 무너져 내리는 개미지옥과도 같다. 땅이 흔들릴 뿐만 아니라 토사가 진동하면서 흐르는데 어쩌란 말인가?

'생각보다는 영리하군.'

아젤은 지룡에게 힘을 발휘할 틈을 준 것을 후회하며 타개책을 내놓았다.

넘어지지만 않으면 된다. 스피릿 오더에는 비행기술은 없어도 허공에서 원하는 대로 방향을 바꾸거나, 다시 솟구치는 기술은 존재하기 때문이다.

유감스럽게도 안정적으로 발 디딜 곳이 없어서 순동법은 제대로 쓸 수 없다. 하지만 일단 지면에서 좀 떨어진 나무 위에 올라가기만 해도 운신에 여유가 생긴다.

그러나 지룡도 호락호락 아젤이 빠져나가는 것을 좌시하지는 않았다.

쿠우우우우……!

파도치는 지면의 흙이 한곳으로 모이더니 거대한 손의 형상을 이룬다. 그렇게 나타난 여러 개의 흙의 손들이 아젤을 노리고 날아들었다.

'권속이냐!'

용은 자신이 지배하는 영역의 힘을 이용, 자율적으로 움직이는 개체들을 만들어낼 수 있었다. 그것이 바로 용의 권속이다.

우우우우우우!

용의 권속들이 기괴한 소리로 울부짖으면서 달려들었다.

3

아젤이 허공을 딛고 이동할 수 있다지만 그것도 한계가 있었다. 기동력이 저하되는 순간 지룡의 권속들이 아젤을 덮쳐왔다.

"흠!"

거기에 푸른 검광이 난무한다. 검을 휘두르는 궤적을 따라 날카로운 섬광이 뿜어지고, 거기에 걸려든 권속들은 어이없을 정도로 간단하게 잘려 나갔다.

그저 베는 것뿐이라면 지룡의 권속들을 저지할 수 없으리라. 흙으로 이루어진 존재를 베어 봤자 타격을 입겠는가?

그러나 아젤의 검격은 마치 태풍 같았다.

검을 한 번 휘두르면 그 여파로 대기가 진동한다. 그리고 영향이 미치는 곳에 있는 모든 것이 갈라지고 부서져서 흩어진다.

검으로 베면서도 동시에 그 충격을 확산시켜서 육중한 둔기로 후려치는 듯한 효과를 더하는 것이다.

파파파파파파!

거대한 흙의 손들이 해체되어서 흩어져 간다. 하지만 그동안 아젤의 위치가 한곳으로 고정되는 건 어쩔 수 없었다.

곧 땅이 폭발하면서 지룡이 뛰쳐나왔다. 밀려오는 토사의 해일을 피해 허공으로 날아오르니 지면에서 무수한 돌이 화살처럼 날아오른다. 허공에 뜬 채로는 피할 수 없다!

파아아아아!

아젤은 그것도 검격의 태풍으로 막아냈다. 거목조차 꿰뚫는 위력을 가진 돌들도 아젤의 검격이 닿으면 산산조각 나서 흩어져 버린다.

그러나 지룡의 공격은 그것으로 끝나지 않았다.

후우우우웅!

통나무보다도 두꺼운 지룡의 꼬리가 채찍처럼 날아들었다. 돌들을 막아내느라 허점을 드러낸 아젤이 도저히 피할 수 없는 타이밍이었다.

아젤이 외쳤다.

"젠장! 어디 한번 해보자!"

꽈아아아앙!

폭음이 울려 퍼졌다.

충격이 원을 그리고 터져 나가고 대지가 뒤흔들렸다. 그 한가운데서 아젤과 지룡이 서로 반대편으로 튕겨 나갔다. 아젤은 허공에서 몇 바퀴나 회전한 다음 땅에 착지한 뒤로도 수십 미터나 뒤로 밀려났다.

"으윽, 죽을 뻔했군."

지형지물을 뛰어넘어 가면서 충격을 상쇄한 아젤이 코에 손을 가져갔다. 코피가 흐르고 있었다. 그리고 용마검을 쥔 손아귀가 터져 버렸다.

하지만 성채도 박살 날 일격을 정면으로 받아친 것치고는 싼 대가다. 게다가 상대도 무사하지 못했다.

크르르르르……

지룡이 고통스러운 소리를 냈다. 놀랍게도 아젤과 충돌한 지룡도 땅으로 내던져져 몇 바퀴나 굴러야 했다.

그리고 용마검과 맞부딪친 꼬리는 처참했다. 뼈까지 잘려서 당장에라도 떨어질 듯 덜렁거리고 거기서 엄청난 양의 피가 뿜어져 나왔다.

그 상태에서 아젤과 시선이 마주한 지룡이 겁을 집어먹었다. 두려움에 사로잡힌 채로 포효했다.

카아아아아아!

용의 포효가 터져 나오면서 대지가 뒤집어졌다.

"계속 힘겨루기로 가자 이거냐?"

아젤은 충격이 가시지 않아서 비틀거리고 있었다. 순동법으로 피하기에는 이미 늦었다.

'그렇다면… 오히려 기회다!'

아젤은 각오를 다지고 용마검을 들었다. 그의 몸과 푸른 칼날 사이에 고속으로 마력 순환이 이루어지면서 섬광이 뿜어져 나왔다.

"하아아아아아!"

발 딛고 선 대지가 폭발하는 와중에도 아젤은 움직이지 않고 그 자리를 지켰다. 그의 몸을 휘감은 섬광이 진동과 토사의 폭발을 차단했지만 온몸이 뒤흔들리며 피부에 무수한 생채기가 생겼다.

하지만 아젤은 모든 고통을 잊을 정도로 집중했다. 이 순간, 조금이라도 힘의 흐름이 흐트러진다면 죽는다!

생명의 고리가 부서질 듯이 격하게 진동하고, 마력이 영맥을 불태워 버릴 기세로 가속하면서 용마전쟁의 기억이 되살아난다. 강적을 앞에 두고 목숨을 걸었던 그 순간, 자신이 검을 통해 발했던 궁극의 기술들이!

"간다!"

외침과 함께 피투성이가 된 몸이 움직였다.

꽈르릉! 꽈릉!

푸른 하늘 아래, 벼락이 치고 천둥소리가 울려 퍼졌다.

용마검을 중심으로 일어난 시퍼런 뇌전이 대지에서 일어난 토사의 해일을 가르면서 솟구쳐 올랐다. 그리고 그 속에서 아젤의 푸른 눈동자가 빛났다.

'천둥용의 뿔!'

대지를 통째로 뒤엎는 진동을 이겨낸 육신이 소리보다도 빠르게 가속했다. 용마전쟁 때 강대한 마법으로 스스로를 지키던 용마족조차도 일격에 베어버린 비장의 기술!

꽈과과과광!

폭음이 울려 퍼졌을 때는 이미 전광이 지룡을 가르고 지나간 뒤였다.

한 박자 늦게, 주변을 집어삼키던 토사의 해일이 비스듬하게 갈라지면서 아젤과 지룡 사이에 공백이 발생했다.

크륵, 끄그극……!

지룡의 입에서 답답한 신음이 흘러나오는 가운데, 충격으로 흙먼지가 장대한 규모로 일었다. 그 속에서 비스듬하게 갈라진 지룡의 몸이 새빨간 피를 분수처럼 쏟아내면서 침몰해 갔다.

아젤은 흙먼지 너머에서 쓰러지는 지룡의 그림자를 똑똑히 보았다.

쿠우우웅……!

용의 거체가 쓰러지면서 굉음이 울려 퍼졌다.

4

대지의 요동침이 가라앉은 것은 한참 뒤의 일이었다. 전신에 흙을 잔뜩 뒤집어쓴 아젤은 비틀거리면서 걷기 시작했다.

"콜록, 콜록. 미치겠네."

비교적 쉽게 지룡을 쓰러뜨리기는 했지만 아젤도 영 상태가 좋지 않았다. 겉으로 난 상처로 인한 출혈만으로도 어질어질하고 내상도 많이 입었다.

게다가…….

'아아.'

전신에 충만했던 힘이 서서히 빠져나가고 있었다.

용마검을 통해 얻은 힘은 한시적이었다.

용마검은 그의 영혼을 재료로 삼아 용의 힘과 마력으로 제련된 검. 그를 위해 존재하는 세상에 단 한 자루뿐인 궁극의 병기다.

그렇기에 그것은 아젤이 있어야만 존재할 수 있었다. 아젤의 영혼과 공명하고, 의념을 삼키고, 마력을 주입받아야만 그 존재를 유지하는 게 가능하다.

즉, 아젤이 긴 잠에 빠져들었을 때 이미 용마검은 서서히 존재력을 잃고 소멸해 갈 운명이었다.

그런 용마검을 220년 동안 보존한 것만으로도 칼로스는 대마법사라는 칭호를 받아 마땅하다. 하지만 시공을 뛰어넘어 아젤의 손으로 돌아온 그 검은, 아젤에게서 존재력을 보충받기는커녕 오히려 자신을 이루는 힘을 다 내주고 스러져 가고 있었다.

"미안하다."

아젤은 용마검에게 사과했다.

무기는 도구일 뿐이며, 그 이상의 의미를 부여하고 집착할 이유가 없다는 것이 아젤의 사고방식이다. 그러나 용마검은 그의 영혼으로 만들어진 분신이었다. 말은 하지 못하지만 거기에는 의지가 있어 아젤과 내적인 공감을 이룬다.

그렇기에 아젤은 용마검이 마치 살아 있는 대상인 것처럼 사과했다.

스스스스스……

존재력을 잃은 용마검이 먼지처럼 부서져서 흩어져 간다. 아젤은 푸른 포말로 흩어지는 용마검에게 약속했다.

"하지만 조만간 반드시… 다시 만나도록 하마."

아젤이 예전의 힘을 되찾는 그날, 용마검도 다시 부활할 것이다.

용마검이 소멸하자 아젤은 비틀거리며 지룡의 시체로 다가갔다.

용살의 의식은 끝났다. 이제는 승자로서 보상을 취해야 할 시간이다.

아젤의 일격은 지룡의 몸을 반쯤 날려 버렸다. 반쯤 날아간 심장이 아직도 펄떡거리면서 피를 뿜어내고 있었다.

용살의 의식에서 승리한 자는 용의 피를 마심으로써 용이 지녔던 힘의 일부를 가진다.

그러나 그렇다고 용이 지녔던 어마어마한 양의 피를 다 마실 필요는 없다. 피를 마시는 것은 의식을 완성하는 상징적인 행동이었다.

아젤은 찢겨진 심장에 양손을 가져가서 쏟아지는 피를 담았다. 그리고 천천히 입으로 가져가서 마셨다.

두근!

심장이 고동친다.

상처 입은 몸에 활력이 돌면서 상처가 급격하게 나아가기 시작했다.

두근! 두근! 두근!

아젤은 주체할 수 없을 정도로 심장이 뛰는 것을 느끼며 주저앉았다.

그 앞에서 지룡의 사체가 빛을 발하기 시작했다. 찢겨져 나간 파편들까지도 모조리.

그 빛들이 허공으로 떠올라서 아젤에게로 집결한다. 태곳적부터 이어져 내려온 의식의 패자가 승자에게 자신의 모든 것을 헌납하고 있었다.

우우우우우우!

소용돌이치는 빛이 아젤의 모습을 감쌌다. 그 속에서 아젤의 의식도 새하얗게 물들었다.

CHAPTER **06**
220년의 공백

魔展
龍劍

1

아리에타는 눈을 떴다.

"으음……."

기이한 느낌이 그녀의 감각을 자극했다. 깊이 잠들었던 그녀가 깨어난 이유는 그것이리라.

'용마력인가?'

용마력을 가진 존재가 근처에 있다. 그 존재감이 자신을 깨운 것인가?

'아니, 뭔가 달라…….'

그녀가 아는 용마력의 느낌과 비슷하지만, 어딘가 다르다. 정확히 어떻게 다르다고 설명은 못하겠지만 상당히 이질적인 느낌이 들었다.

곧 아리에타는 자신이 별로 푹신하지 않은 침대에 누워 있다는 사실을 깨달았다.

"여기는……."

눈살을 찌푸렸던 그녀는 곧 상황을 파악했다.

이곳은 서부 국경 요새였다.

의식을 잃기 전의 일이 기억난다.

아리에타는 아젤이 용살의 의식으로 만들어준 혼란을 틈타서 그곳을 빠져나왔다. 하지만 릭과 에노라를 짐짝처럼 들고 이동해야 했기 때문에 금세 용 그림자의 일원들에게 따라잡혔다.

그 후로는 격전이었다. 어떻게든 서부 국경 요새에 한 발짝이라도 가깝게 이동하면서 추격자들과 싸웠다.

하루 동안 아무것도 먹지 못하고 몇 차례나 전투를 벌인 아리에타는 지쳐 있었다. 게다가 릭과 에노라를 지키면서 싸워야 했기에 레지나와 그 동료를 상대로 힘겨운 싸움을 벌여야 했다.

다행히 그녀가 바닥을 드러내기 전에 서부 국경수비대가 움직였다.

지룡의 움직임이 워낙 요란해서 서부 국경 요새에서도 그것을 발견하고는 주요 전력을 포함한 정예 정찰대를 파견한 상태였다. 거기에 아리에타와 용 그림자가 벌이는 격전도 요란스러웠기에 금세 발견된 것이다.

상황이 이리되자 용 그림자의 일원들은 결국 작전 실패를 인정하고 물러나는 수밖에 없었다.

지칠 대로 지친 아리에타는 국경 수비대에게 아젤에 대한 것을 알리고는 의식을 잃었다. 그리고 눈을 떠 보니 지금이었다.

"으음."

아리에타는 침대 옆에 있는 종을 울렸다. 그러자 곧 문이 열리고 병사 하나가 들어왔다. 잔뜩 긴장한 태도로 조심스럽게 말한다.

"깨어나셨습니까, 공주님."

"여긴 서부 국경 요새인가?"

"그렇습니다."

"내가 의식을 잃은 지 얼마나 지났지?"

"여기로 오신 지는 네 시간 정도 되었습니다."

"네 시간……."

생각보다 오랫동안 의식을 잃고 있었던 모양이다. 하긴, 열다섯 살 때부터 전장에 나섰던 그녀지만 이렇게 궁지에 몰려 본 경험은 처음이었다.

병사가 말했다.

"아, 일행분들은 무사하십니다. 의무반에서 치료받고 있을 겁니다."

"그렇군. 고맙다. 안내해 줄 수 있겠는가?"

"예."

아리에타는 병사를 따라서 의무실로 향했다.

의무실은 시끌시끌했다. 부상자가 많아서 치유술사들이 정신없이 움직이고 있었다.

심지어 릭도 초췌한 인상으로 한몫 거들고 있었다.

"릭 군의관."

"공주님!"

릭은 그녀를 보자 눈이 휘둥그레져서 뛰어왔다.

순간 주변이 술렁였다. 다들 숨을 죽이고 그녀를 바라본다.

아리에타는 그런 시선에도 아랑곳하지 않고 물었다.

"몸은 괜찮은가?"

"네, 덕분에."

뭐 오는 동안에 순동법의 부하가 걸리고, 그녀에게 둘러메진 채로 이동하느라 멀미가 나서 안에 있는 걸 다 토하고… 여기 와서 깨어난 후에 또 토하고, 그러느라 엉망진창이지만 그것까지 말할 이유는 없었다. 어쨌든 그녀가 위험을 감수하고 데려와 준 덕분에 살아 있는 것 아닌가?

"공주님이 의식을 잃고 계신 동안, 유적 발굴 현장에서 탈출한 생존자들이 수색대에 속속 발견되어서 이곳으로 합류하고 있습니다. 갑자기 부상자가 많아서 좀 정신이 없군요."

"그렇군. 에노라는?"

"저쪽에 누워 있습니다."

릭은 에노라가 있는 침대로 아리에타를 안내해 주었다. 몸
여기저기 붕대를 감고 있던 에노라는 아리에타를 발견하고는
깜짝 놀라서 일어났다.

"공주님… 앗."

하지만 에노라는 곧 머리를 붙잡고 비틀거렸다. 아리에타
가 그녀를 부축하며 말했다.

"누워 있거라. 고생했다."

"으흑, 공주님……."

에노라가 울먹거렸다. 여기까지 오는 동안에 겪은 일은 열
세 살 소녀가 견뎌 내기에는 참으로 가혹했으리라. 아리에타
가 부드럽게 미소 지으며 눈물을 닦아 주는데 그녀가 세상이
끝장난 것 같은 표정으로 말했다.

"아아아아, 안 돼. 공주님, 안 돼요, 이건 너무해……."

"…응?"

"공주님이 이렇게 꾀죄죄한 모습으로 돌아다니신다니,
아아아, 이게 알려지면 전 시녀장님께 살해당하고 말 거예
요!"

"……."

울먹거린 이유가 그거였나? 아리에타는 당황해서 멍청하

니 그녀를 바라보았다.

"군인 아저씨들은 어쩜 이리도 무심한지! 남정네들만 있는 곳에서 공주님을 모신다고 할 때 그냥 놔두는 게 아니었는데… 흑흑."

"아, 아저씨라니……."

"난 아직 여자 친구도 없는 열아홉 살인데……!"

그 말에 주변에 있던 '군인 아저씨'들이 다들 상처받은 얼굴로 이쪽을 바라보았다. 아리에타가 머쓱해하며 그들의 시선을 피했다.

아닌 게 아니라 아리에타의 몰골이 꾀죄죄하긴 했다. 유적 발굴 현장에서 빠져나온 이래 만 하루 동안 숲을 헤매면서 격전을 벌이기까지 했으니 깨끗할 리가 없지 않은가? 머리도 헝클어지고 얼굴은 흙투성이에 입고 있는 코트도 지저분해졌다.

'하지만 전장이니까 하는 수 없잖아?'

열다섯 살 때부터 전장에 나선 아리에타는 깔끔 떠는 데 별로 흥미가 없었다. 어려서부터 그런 식으로 교육받고 자라기도 했고.

아리에타는 한숨 섞인 목소리로 말했다.

"에노라, 그 문제는 일단 접어두고… 일단 좀 쉬어 두거라."

"그렇지만 공주님."

"세수하고 머리 빗는 정도는 나도 할 수 있으니까. 정 못마땅하면 네가 빨리 회복해서 내 시중을 들어주면 돼."

아리에타가 그렇게 말하며 억지로 눕히자 에노라는 어쩔 수 없이 따랐다.

그때 릭이 뒤에서 헛기침을 했다.

"흠흠. 공주님, 저어……."

"음. 미안하다. 못 볼 꼴을 보였군."

"아닙니다. 그보다 말씀드릴 게 하나 있습니다만……."

"무엇인가?"

"아젤의 일입니다."

"아, 그는 어떻게 되었지? 무사히 돌아왔나?"

그렇잖아도 아젤에 대해서 물어볼 생각이었다. 정찰대에게 그에 대해서 말을 남겨두긴 했는데 과연 무사히 합류했을까?

"그러니까 그게……."

릭이 머뭇거렸다. 아리에타는 가슴이 덜컹했다.

'설마 그 용에게 잡아먹힌 건 아니겠지?'

용살의 의식이 어떤 것인지는 잘 모른다. 그러나 그가 용에게 혈혈단신으로 도전했다는 것만은 명확한 사실이다.

혼자서 용에게 대적해서 이길 수 있는가? 아니, 살아남아서 도망치는 게 가능하긴 한가?

온갖 불길한 상상이 폭주하고 있을 때, 릭이 입을 열었다.

"으음. 막 깨어나셔서 피곤하실 텐데 죄송하지만… 사령관님께 가서서 아젤의 신원을 보증해 주실 수 없겠습니까?"

"뭐라고?"

전혀 예상치 못한 부탁에 아리에타의 눈이 휘둥그레졌다.

2

"오, 공주님. 무사히 도착하셨군요. 다시 뵙게 되어서 기쁩니다."

쇠창살 너머에서 두 팔에 묵직한 쇠사슬 수갑을 찬 아젤이 환하게 웃으면서 손을 흔들었다.

"……."

그를 본 아리에타는 잠시 동안 할 말이 생각나지 않았다.

아젤은 입고 있는 옷은 넝마가 되었고 전신은 흙투성이라 이건 무슨 강제노역장에 끌려가서 몇 개월은 일한 것 같은 몰골이다.

하지만 겉으로 보이는 상처는 없었고 상당히 기운이 충만해 보였다.

아리에타가 물었다.

"뭐가 어떻게 된 것인가?"

"제 신병을 확보한 게 이곳의 정찰대였는데 그들이 본 것을 들으시지 않았습니까?"

"듣기는 했는데……."

정찰대가 발견한 것은 태풍이 휩쓸고 지나간 듯 뒤집어져 버린 숲의 일부와 그 위에 엄청난 양의 피를 쏟아내고 죽은 지룡의 시신, 그리고 그 앞에 앉아서 명상을 취하고 있던 아젤이었다. 그들이 이게 어쩐 일이냐고 묻자 아젤은 지룡을 피해 달아나다 보니 또 다른 용이 출현해서 지룡을 살해했다고 증언했다.

아리에타가 물었다.

"정말 또 다른 용이 나타났나?"

"어쩌면 제가 겁에 질린 나머지 헛것을 봤는지도 모르죠. 하지만 그러지 않고서야 누가 그 무시무시한 용을 죽였겠습니까?"

"으음."

아리에타는 대번에 아젤이 거짓말을 하고 있음을 눈치챘지만 추궁하지 않았다.

대신 그녀는 자신과 함께 온 기사에게 말했다.

"이자는 나와 동행했던 아젤 제스트링어가 맞다. 오는 동안 많은 도움을 받았으니 석방하고 잘 대접해 주도록."

"알겠습니다."

기사가 즉시 감옥 문을 열고 아젤을 구속한 수갑을 풀어주었다.

아젤이 감방에 구속되어 있던 이유는 간단했다. 유적 발굴 현장이 정체불명의 무리에게 습격당하고 수많은 사상자가 발생한 상황이라 모르는 인물은 쉽게 믿을 수가 없는 상황이었던 것이다.

아젤의 신병을 확보하기는 했지만 그가 진짜 아젤이 맞는지는 아리에타가 깨어나서 확인을 해줘야만 했다. 릭이 맞는다고 증언했지만, 애당초 아젤에 대해서 부탁한 것이 아리에타였기 때문에 어쩔 수 없었다.

아리에타가 말했다.

"미안하게 되었군."

"아뇨. 뭐 군대라는 게 이런 식으로 돌아갈 수밖에 없는 조직이라는 건 잘 아니까요. 갇힌 걸 빼면 나쁜 일도 안 당했고."

아젤이 태평하게 말했다.

실제로 서부 국경수비대는 그에게 험한 짓은 하지 않았다. 상황이 워낙 험악하고, 신원이 불분명한 상황이라 가둬 뒀을 뿐이다.

구속구를 채워 둔 것은 지나치다고 할 수도 있겠지만 정찰대의 기사와 마법사들이 아젤이 스피릿 오더 수련자임을 알아보았기 때문에 취한 조치였다. 초인적인 힘을 가진 자를 자유롭게 풀어놨다가 그가 나쁜 마음을 먹는다면 큰 피해를 입을 수밖에 없으니……

"씻고 새 옷을 받을 수 있도록 조치해 두겠다."

"감사합니다."

"이야기는 그 후에 듣도록 하지. 그리고 릭이 소식을 궁금해 하고 있으니 얼굴 비쳐 두도록."

"예."

아리에타와 헤어진 아젤은 곧 기사가 불러준 말단 병사를 따라서 목욕장으로 안내되었다.

쏴아아아아…….

서부 국경 요새는 수도시설이 굉장히 잘 정비되어 있었다. 풍부한 지하수를 퍼서 식수로 쓰고, 목욕장에는 욕탕까지 있었다. 겨울이 되면 여러 가지 문제가 생기긴 하지만 지금 계절에는 아직 물을 아끼지 않고 몸을 씻을 수 있을 정도다.

"후우, 좋군."

아젤은 돌로 만든 욕조에 몸을 담근 채 나른한 한숨을 쉬고 있었다. 이 계절에 찬물에 몸을 담그고 있으면 차가워서 몸을 떨어야 정상일 것 같지만 그는 마치 온탕에 들어간 것처럼 얼굴이 발그레하다.

실제로 그의 주변에는 열기가 끓어오르고 있었다. 스피릿 오더의 묘용이었다. 김이 모락모락 피어오르고 피부에 혈색이 돈다.

그렇게 한참 동안 몸을 씻던 아젤은 시원한 얼굴로 바깥으로 나왔다.

"흠. 그럼 수염은 좀 깎을까?'

아리에타에게 마흔 살 아저씨 같다는 소리를 들은 후로 반드시 깎겠다고 결심하고 있었다. 하지만 유감스럽게도 면도칼이 없다.

"뭐, 이쯤이야."

하지만 고위 스피릿 오더 수련자에게는 면도칼 따위 장식품에 불과하다. 아젤이 수면에 자기 얼굴을 비춰 보면서 손으로 턱을 슥 한 번 쓸었다. 그러자 지저분하게 자라났던 수염이 마치 처음부터 있지도 않았다는 듯 깔끔하게 떨어져 나간다.

병사들이 봤으면 부러워했을 방법으로 면도를 마친 아젤은 준비된 수건으로 몸을 닦고 가지런히 정리되어 있는 옷을 입었다. 그리고 막 자란 머리칼을 뒤로 넘겨서 질끈 묶자 그럭저럭 볼만한 차림새가 되었다.

한 차례 목욕을 하고 사람다운 옷을 입은 그는 이전과는 완전히 달라진 모습이었다. 타는 듯한 붉은 머리칼과 푸른 눈동자를 가진 근사한 외모의 청년이다.

"근육을 빨리 키워야 하는데."

아젤은 수면에 몸을 비춰 보면서 이리저리 근육을 돋보이게 하는 포즈를 잡았다. 하지만 아직 제대로 각이 나오지 않는다.

'이렇게 어려울 줄이야.'

잠들기 전, 그의 몸은 대리석 조각상처럼 완벽하게 단련되어 있었다. 하지만 그건 어려서부터 긴 시간 동안 꾸준히 단련해서 만든 몸이다.

그래서 아젤도 근육을 단기간에 만들 수 있는지 없는지에 대해서는 확신이 없었는데 직접 해보니 쉽지가 않다. 몸을 불리는 거야 금방이지만 근육을 원하는 형태로 만드는 건 의외로 그에게도 시간을 요하는 일이었다.

"하긴 세상사 쉬운 일 따위 없지."

그렇게 투덜거리면서 의무반으로 찾아가니 릭이 깜짝 놀랐다.

"설마 당신 아젤인가?"

"맞아. 뭘 새삼스럽게."

"완전 딴사람 같은데? 그 머리색 아니면 못 알아봤을 거야."

타는 듯이 붉은 아젤의 머리칼은 상당히 눈에 띄었다. 처음 깨어났을 때야 워낙 퍼석퍼석했지만 지금은 꽤 윤기가 흘러서 보기가 좋다.

문득 아젤이 물었다.

"다들 무사히 도착해서 다행이야. 그런데 혹시 자일 경은 어떻게 되었지?"

"자일 경이라면 아까 도착해서 쉬고 있어. 상당히 많은 인원을 수습해 왔더군."

"다행이군."

아젤이 안도의 한숨을 쉬었다.

문득 릭이 목소리를 낮추어 물었다.

"그런데 아젤, 진짜 뭐가 어떻게 된 거야?"

아젤이 지룡에게 용살의 의식을 신청했을 때, 릭은 기절해 있었다. 이후에 아리에타에게도 제대로 설명을 듣지 못했다.

그리고 이곳에 온 뒤로 정찰대를 통해서 들은 이런저런 이야기는 온통 믿기 어려운 것들뿐이었다.

아젤이 말했다.

"당신이 들은 대로지, 뭘. 그 용 그림자라는 놈들이 무슨 수를 썼는지 용을 하나 꼬여서 공주님을 붙잡으려고 했는데 거기에 앙심을 품었는지, 아니면 다른 이유가 있는 건지 모를 또 다른 용이 나타나서 용들의 전쟁이 벌어졌더라. 그런 거야."

"하나부터 열까지 말도 안 되는 헛소리투성이인데 죄다 내가 겪은 일이라는 게 참……."

"세상일이 그런 거 아니겠어? 나중에 자랑할 일 생겼으니 좋아하라고."

아젤은 릭의 어깨를 두드려 주었다.

3

"와, 생각한 것보다 훨씬 젊으셨네요?"

에노라가 눈을 휘둥그레 뜨고 말했다. 그 반응에 아젤이 쓴 웃음을 지으며 물었다.

"전에는 몇 살로 보였는데?"

"한 마흔 살 정도?"

"……"

아리에타에 이어 에노라까지 이렇게 말하는 걸 보니 정말 전의 모습이 나이 들어 보이긴 했던 모양이다. 아젤은 다시는 수염을 기르지 않으리라 다짐했다.

아젤이 물었다.

"그나저나 벌써 일어나서 돌아다녀도 괜찮은 거야, 꼬마 아가씨?"

에노라는 아직 붕대도 풀지 않았으면서도 시녀복을 단정하게 차려입고 있었다.

여기까지 아젤을 부르러 온 것을 보니 이미 자기 일로 복귀한 모양이다.

'어린 아가씨가 직무의식이 투철하네, 정말.'

그렇게 감탄하는데 에노라가 손을 허리에 얹고는 아젤을 째려보았다.

"어머, 전 이래 봬도 긍지 높은 바이레 가의 여식으로 왕

실 시녀로 봉사하고 있답니다. 그렇게 막 부르시면 안 되는
데요?'

"윽, 그러고 보니⋯⋯."

왕가 직계 혈통을 모시는 시녀가 되려면 특별한 경우가 아
닌 한 귀족가의 딸쯤은 되어야 한다. 이 시대에도 그런 부분
은 변하지 않은 모양이다.

아젤이 표정을 구기는 것을 본 에노라가 선심 쓴다는 듯 말
했다.

"하지만 생명의 은인이니까 용서해 드릴게요. 하지만 꼬마
아가씨는 안 돼요."

"에노라 양이라고 불러도 되나?"

"그 정도는 허락해 드리지요."

"이런, 실례가 많았어. 에노라 양."

"아시면 됐어요. 그보다 수염 깎고 씻으니 인물이 꽤 괜찮
으신데, 머리도 신경 쓰시지 그래요?'

"머리?'

"네, 덥수룩해서 영 보기 그러네요. 좀 잘라요."

"그런가?'

아젤이 머쓱한 듯 머리를 긁적였다. 에노라가 말했다.

"이따가 시간 내세요."

"응?'

"제가 특별히 잘라드릴게요."

아젤이 눈만 껌뻑거리자 에노라가 가슴을 두드리며 우쭐거렸다.

"이래 봬도 공주님의 머리를 다듬는 몸이랍니다. 아저씨 같은 사람은 평생 가도 경험해 보지 못할 서비스를 해드리겠다는 거니까 영광으로 아세요."

"이야, 진짜 영광인걸? 근데 아저씨라고 부르는 건 좀……."

"몇 살이신데요?"

"음. 아마 스물여섯일걸?"

"그럼 아저씨 맞네요."

"……."

확실히 열세 살 소녀가 보기에 스물여섯 살이면 아저씨가 맞긴 하다. 하지만 왠지 상처받는 건 어쩔 수 없었다.

"아무튼 공주님이 기다리고 계시니 어서 따라오세요."

'난 결혼도 안 했는데 아저씨라니…….'

아젤은 속으로 투덜거리면서 에노라를 따라갔다.

아리에타의 객실로 가니 그녀는 감옥에서 봤을 때와는 달리 말끔한 모습이었다. 그새 에노라가 닦달해서 공주다운 모습을 갖추게 했던 것이다.

"이제야 불러서 미안하군. 식사를 같이할 생각이었는데 사령관이 초대를 해서 그만."

"그 자리에 불려가지 않아서 다행이군요."

"사령관이 그러자는 걸 내가 말렸는데 잘했나 보군."

아리에타가 장난기 있게 웃으면서 아젤에게 자리를 권했다. 그리고 아젤의 얼굴을 빤히 바라보았다.

아무 말 없이 그러고 있자 어색해진 아젤이 헛기침을 했다.

"혹시 제 얼굴이 뭐가 묻었습니까?"

"아니, 생각보다 젊어서 놀랐다."

"말씀드렸잖습니까? 스물여섯이라고."

"하지만 전에는 전혀 그렇게 안 보였다. 이제야 그 말을 믿을 수 있겠군."

곧 에노라가 차를 내왔다. 아젤이 찻잔을 쥐고 입에 가져가는 것을 본 아리에타가 말했다.

"내 생각에 그대는 귀족이었던 것 같다."

"네?"

"차를 마시는 예법이 아주 자연스러워. 제대로 교육받지 않았다면 그렇게 될 수 없지."

"그렇습니까?"

아젤이 태연하게 고개를 갸웃했다. 하지만 내심 뜨끔했다.

어렸을 때야 출신 성분도 모르는 고아였지만 용마전쟁의 영웅이 된 후로는 귀족 사회의 일원이 되어야 했다. 그래서 검술을 배우는 것만큼이나 힘들게 예법을 배웠고 차를 마시는 사소한 행동에서도 그게 드러난다.

'이런 게 어렵단 말이지.'

차라리 검술을 숨기라면 얼마든지 숨기겠다. 아젤은 다양한 검술을 익히고 있었고 자신의 진짜 스타일을 드러내지 않고 위장하는 것 정도야 어렵지 않은 일이다.

하지만 몸가짐을 숨기는 건 정말 어렵다. 예법을 배울 때는 진짜 힘들게 몸에 붙여서 그런가, 이제는 어떻게 하면 다르게 차를 마실 수 있는지도 잘 모르겠다.

아리에타가 미심쩍은 표정으로 말했다.

"다만… 좀 이상하기는 하군."

"어떤 점을 말씀하시는지요?"

"차를 마시는 예법이 굉장히 오래된 것을 떠올리게 해."

"네?"

"뭐 지방이나 타국의 예법일 수도 있겠지만… 어릴 적에 교양으로 배웠던 나딕 제국의 예법과 비슷한 느낌이 드는군."

"……"

아젤은 속으로 식은땀을 흘렸다. 이건 전혀 생각하지 못한 부분이었다. 220년이라는 시간이 흐르면서, 언어 자체는 바뀌지 않았어도 그 속을 채우는 어휘들이 바뀌었다. 아젤의 시대에 쓰던 말들이 조금씩 변형되거나, 새로운 단어들이 나타났다.

아젤은 눈치가 빠르고 이해력이 좋은 편이었으며, 스피릿 오더의 기술이 있었기에 일반인을 상대로는 미미한 정신감응을 시도해 가면서 그런 말의 차이를 서서히 좁혀 왔다.

하지만 예법의 변화는 완전히 맹점으로 남아 있던 부분이다. 귀족 사회는 말씨는 물론이고 몸가짐 하나하나를 평민들과는 다르게 하는 데 신경 쓴다. 그것은 지역에 따라서, 그리고 시대에 따라서 조금씩 달라지게 마련이니 나딕 제국이 멸망하고 나서 일곱 왕국이 출현한 지금은 아젤의 예법이 이질적으로 보일 수밖에 없다.

'귀족인 척하지 않은 게 다행인가?'

귀족은 자신들의 말씨와 몸가짐에는 까다롭지만 평민들에게 그걸 강요하지 않는다. 귀족의 예법을 갖추는 것 또한 그들을 평민과 차별화해 주는 요소이기 때문이다.

그렇기에 윗사람을 대하는 기본적인 예법은 예나 지금이나 비슷했다. 아젤이 평민으로서 아리에타를 대했기에 문제된 것이 없었지만 귀족 행세를 했다면 아주 난감한 꼴을 당했을지도 모른다.

다행히 아리에타는 거기에 대해서 더 깊이 파고들지는 않았다.

"흠. 기억은 아직 회복되지 않은 모양이군."

"네."

"유감이다."

아리에타가 희미하게 미소 지었다. 아젤이 남에게 말하기 어려운 비밀을 갖고 있다는 거야 빤히 보인다. 그의 거짓말을 곧이곧대로 믿어주기에는 그동안 한 행동들이 너무 터무니없다.

하지만 아리에타는 묻어두기로 했다. 어쨌든 아젤은 자신의 은인이고, 믿고 싶은 인물이었으니까.

'믿고 싶다?'

아리에타는 스스로의 생각에 놀랐다. 누군가를 이런 식으로 생각해 본 적이 있었나?

'정말로 이상한 남자다.'

용마공주로 살면서 많은 사람을 만났다. 자신을 선망하는 사람도 있었고, 두려워하는 사람도 있었고, 그리고 시기하고 미워하는 사람도 있었다.

하지만 아젤 같은 사람은 처음이었다. 그가 자신을 보는 시선은 낯설면서도 편안해서 자기도 모르게 마음속에 담긴 이야기를 하고 싶어진다.

아리에타가 말했다.

"혹시 원하는 게 있나? 나를 도와줬으니 뭔가 보상을 하고 싶다."

"음. 글쎄요."

아젤은 잠시 생각해 본 다음 말했다.

"약간의 여비와 국내를 자유롭게 돌아다닐 수 있는 신분패, 그리고 검 한 자루를 부탁드려도 되겠습니까?"

"고작 그건가?"

아리에타가 어이없어 했다.

다른 사람도 아니고 용마공주인 그녀가 보상을 주겠다고

말하고 있는 것이다. 그런데 원하는 게 고작 저 정도라니.

아젤이 말했다.

"그걸로 충분합니다. 애당초 보상받고 싶어서 한 일도 아니고."

"그대는 정말 나를 놀라게 하는 재주가 있도다."

아리에타는 정말로 유쾌해져서 웃었다. 과욕을 부리는 것도 아니고, 그렇다고 위축되어서 갈팡질팡하는 것도 아니고 당당하게 고작 저것만을 요구하다니.

"원하는 것을 내주지. 그리고 혹시 기사가 될 생각은 없는가?"

"기사요?"

"그대가 원한다면 내 기사로 서임하겠다. 아직 아무도 서임하지 않아서 권한이 남아 있거든. 대우도 섭섭하지 않게 해주지."

파격적인 제안이었다. 용마공주인 아리에타에게 기사 서임을 받는다는 것은 즉 왕실 기사가 된다는 것이다. 어디 가서 절대 무시받지 않을 신분이다.

하지만 아젤은 고개를 저었다.

"황송한 제안이오나 거절하겠습니다."

"어째서지?"

"제가 스스로에 대해 잘 모르기 때문입니다."

"기억을 잃었기 때문인가?"

"예."

본심은 그냥 왕실에 묶인 몸이 되기 싫다는 것이다. 아직 220년 동안 세상이 어떻게 변했는지도 모르고 대륙 정세도 모르는 판국이지 않은가? 제대로 된 신분을 마련할 수 있다는 점은 매력적이지만 지금은 일단 자유롭게 세상을 돌아다녀보고 싶었다.

'일단 카르자크 후작가가 어느 나라에 붙어 있는지도 모르겠고.'

아젤은 잠들기 전까지 독신이었고, 전쟁고아 출신인지라 친척도 없었다. 그러니 카르자크 후작위를 계승했다 한들 후대로 이어지지 못하고 끝나 버렸어야 정상일 것이다.

하지만 아젤에게는 자식들이 있었다. 진짜로 피가 이어진 자식들은 아니고, 전쟁 중에 인연이 닿은 아이들을 거둬서 양자로 삼았다. 그리고 칼로스를 그들의 대부로 삼아서 상속권을 관리해 달라고 부탁해 두었다.

'설마 대가 끊어지진 않았겠지? 지금까지 이어져 내려오고 있으면 봐두긴 해야지.'

알아봐야 할 게 한두 가지가 아니다.

아리에타가 아쉬움을 드러냈다.

"그대의 뜻이 그렇다니 유감이군. 그럼 내 부탁을 들어주지 않겠나?"

"어떤 부탁입니까?"

"여기에 나흘쯤 머무르고 난 뒤에 왕도로 귀환할 예정이다. 거기에 동행해 주면 좋겠다."

"제가요?"

"그래. 서부 국경수비대는 원래부터 별로 인원이 넉넉한 편이 아니다. 그런 데다 이번에 피해가 컸지."

"음."

유적 발굴 현장에서 희생된 인원이 꽤 많았다. 죄 없는 병사와 인부가 얼마나 많이 죽었는지…….

"그래서 내 호위를 위해 많은 병력을 차출하기는 곤란하다. 사령관 입장에서야 많이 내주고 싶겠지만, 내가 최소한의 인원만을 보내라고 말해두었다.

"제가 공주님의 호위로 따라가 달라는 말씀이군요."

"그렇다. 일정 기간 동안 호위로 고용하는 것으로 해서 보수는 충분히 주겠다."

"알겠습니다. 받아들이지요."

이 제안은 아젤 입장에서도 거절할 이유가 없었다. 220년 동안 세상이 어떻게 변했는지 모르는데 혼자 돌아다니기보다는 신분을 보장해 줄 누군가와 함께 다니는 편이 훨씬 나으니까.

'용 그림자라는 놈들도 신경 쓰이고…….'

그들이 또 아리에타를 노린다면 귀찮아질 것이다. 하지만 그들이 용마왕 숭배자라는 것을 알게 된 이상 오히려 그들과 부딪쳐서 더 많은 정보를 얻어야 할 필요가 있다.

'아테인······.'

아젤은 자기 앞에서 죽어가던 용마왕 아테인의 최후를 떠올렸다.

"너는 나와 함께 죽게 될 것이다."

아테인은 죽어가는 스스로를 제물로 삼아서 아젤에게 저주를 걸었다.

어쩌면 아젤이 이 시대에 깨어났을 때 그 저주가 사라진 것은 용의 수면기를 흉내 내어 잠든 것 덕분에 아니라······.

'그가 되살아났기 때문일지도 모르지.'

왠지 그럴 거라는 생각이 들었다.

그렇다면 이 상황은 아테인에게도 예상 밖의 것이리라. 부활할 방법을 준비해 두고 있던 그는 아마 자신이 '죽어 있는' 동안 아젤이 저주에 의해 죽을 것이라고 생각하지 않았을까. 그로부터 오랜 시간이 지나 그가 다시 부활하여 저주가 사라진다 한들 아젤이 죽었다는 사실이 변하지는 않을 테니.

'네 뜻대로는 되지 않을 거야.'

아테인이 부활했다면, 다시 한 번 쓰러뜨릴 것이다. 이번에야말로 두 번 다시 부활할 수 없도록 철저하게.

그리고 아테인의 부활이 아직 완성되지 않고 진행 중이라면, 세상의 이면에 숨어서 그 작업을 진행 중인 자들을 모조리 쳐부숴 버릴 것이다.

4

"흠. 이런 요새의 장서고치고는 나쁘지 않군."

다음 날, 아젤은 아리에타에게 부탁해서 서부 국경 요새의 장서고를 열람할 수 있는 권한을 손에 넣었다.

물론 기밀자료와는 거리가 먼, 시중에서 구할 수 있는 책들을 모아둔 장서고다. 장서고라고 하면 거창해 보이지만 여기 있는 책은 채 100권도 되지 않았다. 정말 제대로 책을 보고 싶다면 서책을 수집하는 데 열을 올리는 귀족 가문에라도 가는 편이 나을 것이다.

아젤도 그 점을 잘 알았기에 큰 기대는 하지 않았다. 그래도 이런 곳에 두는 책은 그 종류가 한정되어 있을 것이 뻔하기에 와보고자 한 것이다.

'딱 기대한 대로네.'

이 장서고에 있는 책들은 대부분 무술과 전술 전략, 그리고 전쟁사에 대한 것들이었다. 아젤이 보고 싶었던 게 이런 것들이다. 220년 동안 세상이 어떻게 변했는지 알려면 일단 역사부터 공부해야 하지 않겠는가?

'나딕 제국은 완전히 멸망했군. 그리고 루레인 왕국은⋯ 음. 역시 루레인 공작이 시조인가.'

루레인 왕국은 대충 140년 전쯤에 건국되었다. 이 나라의 영토는 아젤의 고국인 나딕 제국의 남서부에 해당하는 부분이었다.

나딕 제국이 멸망한 후, 그 땅은 일곱 개의 나라로 갈라졌다. 일부 소국들이 있긴 하지만 이 일곱 개의 나라가 차지한 땅이 대륙의 거의 전부라고 봐도 좋다.

'예전의 성세는 잃었어도 명맥은 이어지지 않았을까 싶었는데… 완전히 멸망하다니.'

나딕 제국 멸망 때 황실의 혈통은 완전히 끊어졌고, 그리하여 제국의 영토를 완전히 다른 나라들이 갈라 먹을 수 있었다.

이 과정은 별로 온건하지 않았다. 일곱 국가가 서로 조금이라도 더 많은 영토를 차지하기 위해서 치열하게 싸웠다.

국경이 확립되고 그럭저럭 평화로운 시절이 오기까지 20년 가까운 세월이 필요했다. 이 혼란기에 수많은 이가 죽었고, 일곱 왕국 모두가 피폐해졌다.

이후 각 국가가 서로 전쟁을 벌여서 이기기도 하고 지기도 했지만 그건 아젤이 관심을 둘 만한 부분은 아니었다.

'대암흑? 이건 또 뭐야?'

지금으로부터 60여 년 전, 대암흑이라 불리는 재앙이 찾아온다. 원인불명의 전염병이 전 대륙을 휩쓴 것이다. 이 전염병으로 헤아릴 수도 없을 정도로 많은 사람이 죽었다. 그로 인해 국가 체제가 붕괴할 지경이었으니 얼마나 심각했는지 알 만하다.

이 와중에 온갖 사교들이 판치고, 광기가 번져 갔다.

인류 문명은 크게 후퇴했다. 많은 지식이 유실되었고 이 중에는 스피릿 오더의 비전도 포함되어 있었다…….

'아, 설마 이게 원인이었나?'

아젤은 이 시대에 스피릿 오더 수련자와 마법사들이 자신에게는 당연한 상식으로 여겨졌던 것들을 모르고 있음을 의아하게 여겼다. 게다가 220년이 지났는데도 스피릿 오더 수련자의 평균 수준이 높아지지 않은 것도.

하지만 그동안의 역사를 죽 살펴보니 좀 납득이 가기 시작한다.

'그리고 교단의 몰락…….'

또한 대암흑 때 교단들의 부패는 극에 달했다. 그들은 전염병을 근본적으로 해결하지 못했고, 그러면서도 돈과 권력을 가진 자에게만 치유술을 베풀었다. 치유술의 비전은 꽁꽁 감춰 둔 채로, 신관들조차도 재능이 아니라 출신 성분에 의해 치유술사가 될 기회를 차별당했다.

'개판이었군.'

아젤이 한숨을 쉬었다. 저 시대에 깨어나지 않아서 정말 다행이라는 생각이 들었다.

이때쯤 릭이 말해준 현자 바이언이 출현한다.

그는 치유술의 비약을 재현해 낸 것은 물론, 전염병의 근본적인 해법을 내놓았다. 그리고 이것을 교단과는 공유하지 않았다.

대신 부패한 신전에 넌더리를 내는 뜻있는 신관들과 손잡고 민간 치유술사를 육성했다. 그리하여 의료 협회가 출범했고 여기서 배출된 치유술사들은 30년간 계속된 대암흑을 끝내는 데 지대한 공헌을 했다.

'교단의 권위는 끝장났고…….'

치유술을 무기로 막강한 권위를 휘두르면서 부패했던 교단들은 아주 작살이 났다.

물론 그렇다고 해서 신앙이 사라지지는 않았다. 다만 예전에 비하면 권위가 훨씬 약한 데다가 정치적으로 영향력을 행사할 수 있는 권한은 완전히 강탈당한 모양이다.

'바이언, 정말 대단한 인물이다.'

아젤은 새삼 바이언이라는 남자에게 감탄했다. 그의 동기가 무엇이었건, 그는 절망을 타파하고 세상을 바꾼 영웅이었다.

'흠. 이외에는… 딱히 눈에 띄는 부분은 없군.'

루레인 왕국을 기준으로 보면 30년 전에 이 발란 숲에서 어둠의 대동맹이라 이름 붙은 마물들의 군세가 나타나는 일이 있었다. 다른 오크들보다 월등히 강하고, 지혜로운 변종 오크 다칸이 발란 숲의 세력을 통합하여 왕국을 위협했다 한다.

이 서부 국경 요새가 증축되고, 많은 병력이 상주하면서 발란 숲 내부의 움직임에 촉각을 곤두세우게 된 것도 그 사건이 원인이었다.

'호오, 다칸이라는 놈은 오크치고는 되게 머리가 좋았던

모양이네.'

아젤은 다칸에 대한 기록을 흥미롭게 읽었다.

무력에 대한 기록은 별로 놀랄 게 없었다. 단지 강하기만 한 변종이라면 용마전쟁 시절에는 발에 채일 정도로 많았으니까.

하지만 다칸은 카리스마가 넘치는 인간 영웅처럼 행동했다. 그의 군세가 '어둠의 대동맹'이라고 불렸던 것도 마치 인간 군대처럼 조직화된 대군세였기 때문이다.

'흠. 이놈에 대해서 더 알고 싶은데… 딱히 자세하게 파고든 기록이 없네.'

아젤이 아쉬워하면서 책들을 뒤져 보고 있을 때였다.

"여기 있었군."

장서고의 문이 열리면서 기억에 있는 목소리가 들려왔다.

아젤은 놀라지 않고 그를 돌아보았다.

"자일 경. 무사한 모습을 보니 반갑군요."

"나도 마찬가지다."

자일이 초췌한 안색으로 미소 지었다.

5

자일이 찾아오는 바람에 아젤은 장서고에서 나올 수밖에 없었다. 그가 찾아온 것은 단순히 인사를 하기 위해서가 아니라 달리 볼일이 있어서였다.

"그나저나 정말 몰라보겠군. 솔직히 장서고에서 보고는 딴 사람인가 싶었다."

"다들 꼭 그 말은 한마디씩 하더군요."

아젤이 쓴웃음을 지었다.

어젯밤, 아리에타와 만난 후에 에노라가 그를 붙잡고 머리를 다듬어주었다. 아무렇게나 자랐던 머리칼이 보기 좋게 정리되어서 옷만 잘 입으면 어디 귀족가의 자제라고 해도 믿을 근사한 외모를 뽐내고 있었다.

'꼬마 아가씨가 제법이야.'

나이는 어리지만 공주의 전속 시녀를 할 정도면 이 정도 실력은 있어야 하는 모양이다. 하긴 그렇지 않으면 아리에타가 굳이 여기까지 데려오진 않았으리라.

복도를 걸으면서 아젤이 물었다.

"그나저나 용의 시체가 꽤 돈이 되는 모양이지요?"

"그렇다. 특히 마법사 협회와 의료 협회에서 비싼 값으로 사들이지. 공주님께서 말씀하시길 당신이 그분이 도망칠 수 있도록 목숨을 걸고 용의 시선을 끌었다던데?"

"뭐 어쩌다 보니 그렇게 되었습니다."

"다들 그 이야기로 떠들썩하다. 무용담을 듣고 싶어 하는 사람이 많아."

"하하하."

아젤이 어색하게 웃었다. 사실 용의 시선을 끈 정도가 아니라 죽이기까지 했지만 그건 말할 수 없었다. 지금은 아직 자신에 대해서 모든 걸 밝힐 때가 아니라고 판단했기 때문이다.

'뭣보다 용을 죽였다고 자랑하기에는 너무 약하지.'

지룡을 쓰러뜨릴 수 있었던 것은 어디까지 칼로스의 안배로 용마검을 쓸 수 있었던 덕분이다. 용마검이 없었다면 지룡에게 패해서 잡아먹혔으리라.

하지만 그 싸움을 통해 아젤은 많은 것을 얻었다.

일단 용마검에서 흘러들었던 마력이 영맥에 잔존하는 동안 명상을 통해 그것을 흡수했다. 그리고 용살의 의식을 통해서 용의 힘 일부를 취했다.

그것으로 아젤의 육체는 보다 강건해졌다. 그저 단련하는 것만으로는 절대로 얻을 수 없는 강인함의 씨앗이 아젤의 몸에 심어졌다.

또한 마력도 크게 늘었다. 영맥은 보다 튼튼해졌으며 첫 번째 생명의 고리는 듀얼 밴딩까지 완료, 두 번째 생명의 고리도 거의 완성 직전이었다.

듀얼 밴딩을 실제로 구축했다는 것은 정말 큰 성과다.

이론부터 실험까지, 충분한 근거를 쌓아두었음에도 성공한다고 확언할 수 없는 방법이었다. 동물 실험체를 통한 유사 모델 구축까지 성공했지만, 마력을 사용하는 주체인 자신에게 적용할 때는 어떤 변수가 튀어나올지 알 수 없는 법이다.

그런데 실제로 구축한 것은 물론, 그 구조로 인해 얻는 이

점도 이론대로임을 확인했다. 스피릿 오더라는 기술을 한 단계 진보시켰다고 할 수 있는 결과였다.

'용살의 의식이 없었다면 어땠을까?'

용의 힘을 취했기에 마력이 급증하면서 듀얼 밴딩까지 이뤄냈다. 이것은 행운이면서 아쉬운 점이기도 했다.

듀얼 밴딩을 명확한 기술로 확립해서 누군가에게 전하려면 모든 과정을 정확하게 파악하고 있어야 한다. 그런데 용살의 의식 때문에 시행착오 과정을 건너뛰고 성공의 과실만을 취해 버렸다.

배부른 소리라는 것은 알고 있다. 그래도 아젤 입장에서는 아쉬움을 금할 수 없었다.

'용마력도 어느 정도 모였고⋯⋯.'

용의 힘을 취하는 것으로 아젤의 마력은 약간이나마 용마력의 성질을 띠게 되었다. 일반적인 마력과는 달리 그저 발하는 것만으로도 주변의 현상에 억지력을 발휘할 수 있는⋯⋯.

그것이야말로 용마검을 만들기 위한 바탕이다. 하지만 용마검을 다시 만들기까지는 아직도 갈 길이 멀었다.

자일이 말했다.

"그래서 용의 시체에 대해서는 아젤 당신도 어느 정도 보상을 받을 권리가 있다고 공주님께서 말씀하셨다."

"호오."

"보상에 대해서는 공주님께서 직접 말씀하시겠다고 하셨

으니 기대해도 좋을 것 같군."

"기대되는군요."

아젤은 별로 마음에 없는 소리를 했다.

자일이 말했다.

"그리고 당신이 공주님께서 왕도로 귀환하실 때 호위로 따라가게 된다고 들었다."

"그렇게 됐습니다."

"한동안 같이 지내게 될 것 같군. 나도 호위 병력으로 차출되었다."

"아, 그렇군요."

"부하들을 많이 잃었는데 이런 임무로 차출된 게 기쁘지는 않지만."

"……."

쓴웃음을 짓는 자일을 보면서 아젤은 입을 다물었다.

용 그림자가 유적 발굴 현장을 공격했을 때, 자일의 부대는 막대한 피해를 입었다. 그가 상당히 많은 이를 수습하기는 했지만 부대의 삼분의 일가량이 죽었다.

"하지만 이런 상황에서 경험 많은 애송이 지휘관으로 우왕좌왕하는 것보다는 무력이 필요한 곳에 투입되는 편이 옳겠지. 잘 부탁한다."

서부 국경수비대는 아리에타의 호위로 많은 병력을 차출할 수 없는 상황이다. 그러다 보니 자일처럼 실력이 확실한 이들 위주로 차출한 모양이었다.

아젤이 대답했다.

"저도 잘 부탁합니다."

곧 그들은 용의 시체가 있는 곳에 도착했다.

하지만 아젤이 기대했던 것과는 완전히 다른 풍경이 펼쳐져 있었다. 용의 시체를 고스란히 옮겨온 게 아니라 해체한 뒤 수십 개의 통에다 나누어 담아 놓았던 것이다.

'하긴 그걸 그대로 옮겨올 수는 없었겠지.'

대규모로 물자를 운반하기 위한 대형 수레를 쓴다면 가능할 것이다. 하지만 그런 것은 제대로 정비된 도로가 있어야 운용이 가능한 법이다. 숲 한복판에 쓰러져 있는 용의 시체를 여기까지 운반해 오려면 결국 해체하는 수밖에 없었다.

곧 아젤은 사람들 사이에서 아리에타를 발견했다.

"부르심을 받고 왔습니다."

"음. 왔군."

"용의 시체가 돈이 되는 줄은 몰랐습니다."

아젤의 시대에도 마법사들이 용의 시체를 이리 뜯고 저리 뜯어서 활용하기는 했다. 용의 피는 가공하면 마력 회복제나 상처 치료제로 만들 수도 있고, 뼈와 비늘, 가죽은 워낙 튼튼해서 깎아서 무기나 방어구의 재료로 썼다. 하지만 그걸 돈 주고 거래할 생각을 해본 적이 없었다.

아리에타가 말했다.

"나도 생각 못하고 있었다. 죽은 용을 본 게 처음이었으니. 정찰대의 마법사가 보더니 한시라도 빨리 회수해야 한다고 주장했다더군. 그의 지시에 따라서 해체해서 나눠 담아왔다는데… 실은 좀 신경 쓰이는 이야기가 있다."

"뭡니까?"

"용의 눈이 사라졌다는군."

"눈 말입니까?"

"마치 눈만 파먹은 것처럼 사라졌다고 한다. 혹시 짚이는 구석이 있나?"

"으음. 없습니다."

아젤이 고개를 저었다.

지룡을 쓰러뜨렸을 때 눈에는 전혀 상처를 입히지 않았다. 그런데 눈만 파먹은 것처럼 사라지다니…….

아리에타가 목소리를 낮추어 말했다.

"그놈들의 소행일 수도 있겠군."

"가능성이 높다고 봅니다."

두 사람이 말하는 그놈들은 물론 용 그림자다. 마법사라면 용의 시체가 어떤 가치를 가졌는지 알고 있을 테고, 서부 국경수비대의 눈을 피해서 용의 눈만을 파내어 갔다고 해도 이상할 게 없다.

아리에타가 말했다.

"용의 눈은 강력한 마력의 원천이라는데 그런 걸 그놈들에게 주다니, 안 좋군."

"뭐, 어쩔 수 없지요. 심장을 가져가지 못했으니 다행이라
고 해야 할 겁니다."

"하긴 그런가. 심장은 완전히 찢겨져 있었다던데……."

"다른 용과 싸웠으니 그럴 만도 하지요."

"그런가."

아리에타는 뻔한 거짓말을 하는 아젤에게 미소 지었다. 같
은 비밀을 공유한 공범자의 웃음이었다.

6

레지나는 비밀결사 '용 그림자'의 행동대원 중에서는 비
교적 높은 지위를 가진 인물이었다. 하지만 조직의 중추에 속
한 이들에 비하면 아무것도 아니다.

"그렇군. 실패했나."

그렇게 말하는 여자는 레지나와는 비교도 안 될 정도로 높
은 지위를 가진 이였다.

긴 검은 머리칼과 짙은 갈색 눈동자를 가진 그녀는 20대 중
후반 정도로 보였으며, 냉소적인 인상의 미인이었다. 용마인
이 아닌 순수한 인간의 모습이었으나 그것이 그녀의 본모습
이 아니라 마법으로 꾸며진 것임을 레지나는 알고 있었다.

그녀가 말했다.

"많은 동지를 잃었군."

"죄송합니다."

"별로 죄송해 보이지 않는구나. 고작 용마공주를 납치하는 일에 그만한 인력을 동원하고도 실패했으면서 변명거리가 있느냐? 그만큼 좋은 기회도 없었을 텐데?"

용마공주 아리에타의 강력함을 생각하면 '고작'이라는 표현을 쓰는 것은 터무니없는 일이다.

하지만 이번 일에 동원된 전력은 충분히 그 일을 해낼 만했다. 용마인만 해도 넷에, 인간 고위 마법사가 둘이지 않았던가. 아리에타가 강력한 것은 사실이지만 객관적으로 전력 평가를 해보면 투입된 인물들 중 셋만 있어도 충분히 그녀를 압도한다.

그럼에도 레지나는 실패했다. 그리고 거기에 대해서는 변명거리가 있었다.

"예상치 못한 방해꾼이 있었습니다."

레지나는 아젤에 대해서 최대한 상세히 보고했다.

처음에는 시큰둥하게 듣던 검은 머리칼의 여인은 중간에 레지나가 언급한 어떤 사항에 안색이 심각하게 굳어졌다.

"잠깐. 지금 용살의 의식이라고 했나?"

"네? 그렇습니다."

"그자가 분명히 용살의 의식이라고 말했단 말이지?"

"분명합니다."

"네 목숨을 걸고 장담할 수 있나?"

싸늘한 기운이 감각을 엄습했다. 숨 막힐 듯한 살기다. 레지나는 침을 꿀꺽 삼키며 말했다.

"네."

"그냥 지나쳐서는 안 되는 사안이군."

검은 머리칼의 여인이 심각하게 중얼거렸다. 레지나가 조심스럽게 물었다.

"용살의 의식이 어떤 것인지 여쭤 봐도 되겠습니까?"

"안 된다."

"……."

"네가 알아서는 안 되는 등급의 정보다. 일단 네가 보고 들은 것을 상세히 말하도록."

그 말에 레지나는 조심스럽게 남은 이야기를 풀어놓았다.

아젤이 용살의 의식을 신청한 후, 지룡이 그에 응해서 그와 싸우기 시작한 것.

그리고 나중에 돌아가 보니 지룡이 죽어 있었다는 것.

"서부 국경수비대가 움직였는지라 이것만을 가져올 수 있었습니다."

레지나는 어린아이 몸통만 한 붉은 구체 두 개를 내놓았다.

그것은 바로 용의 눈이었다. 아리에타가 추측한 대로 그녀가 서부 국경수비대의 눈을 피해 용의 눈을 파냈던 것이다.

검은 머리칼의 여인이 손을 들었다. 그러자 용의 눈 두 개가 두둥실 떠올랐다.

"용살의 의식을 아는 자에게 용이 죽었단 말이지……."

"그자에게 죽었는지는 알 수 없습니다. 그자가 무서운 실력을 가진 것은 사실이지만, 그렇다고 해도 일대일로 용을 대적할 수 있었으리라고 보긴 어렵지요. 그리고 그곳에서 일어난 폭풍을 생각하면 차라리 다른 용이 개입해 왔다고 보는 편이……."

"그럴 리가 없다."

레지나가 합리적인 추론을 늘어놓았으나 검은 머리칼의 여인은 딱 잘라서 부정했다. 그녀가 용의 눈동자를 살펴보면서 말했다.

"용살의 의식을 치렀는데 그런 일이 일어났을 리 없지. 그리고 이 용의 눈이 그것을 증명한다."

"네? 무슨……."

"이 용의 눈에 담긴 마력은 본래 담고 있었어야 할 것의 채 2할도 못된다."

용의 눈동자는 강력한 마력의 원천이다. 용의 육체에서 심장 다음 가는 마력이 담겨 있다.

하지만 죽은 지룡은 용살의 의식에 의해 힘의 정수를 아젤에게 빼앗겼다. 그래서 용의 눈동자가 본래 가졌어야 할 힘의 대부분이 빠져나가 있었다.

용을 죽여본 적이 없는 레지나는 그 사실을 몰랐다. 그저 용의 눈동자에 역시 강력한 마력이 담겨 있구나 싶었을 뿐이다. 그러나 검은 머리칼의 여인은 대번에 진실을 꿰뚫어 보았다.

그녀가 다시 손짓하니 허공에 떠올랐던 용의 눈들이 레지나 앞에 놓였다. 그녀가 말했다.

"이건 네가 쓰도록 해라."

"네? 그러나……."

"상이다."

그 말에 레지나는 혼란스러워졌다. 작전은 실패하고, 귀중한 인력을 잃었다. 당연히 벌을 받으리라 생각했고 그것을 최소화하기 위해 아젤의 존재를 이야기하고, 용의 눈을 바쳤다.

그런데 오히려 상이라니?

하지만 검은 머리칼의 여인은 더 설명하지 않았다.

"후후. 아젤 제스트링어라."

용마왕 숭배자인 그들에게는 참을 수 없을 정도로 불길한 이름이다. 그들은 아젤이라는 이름을 가진 자를 보면 그가 어떤 신분을 가졌든, 어리든 늙었든 상관없이 죽여 버리고는 했다.

"죄 많은 이름이로군. 흥미로워. 한 번쯤 봐야겠군."

검은 머리칼의 여인은 차갑게 미소 지으며 어둠 속을 걷기 시작했다.

『용마검전』 2권에 계속…

HERO 2300

FUSION FANTASTIC STORY

영웅2300

말리브 장편 소설

「도시의 주인」 말리브 작가의
특급 영웅이 온다!
『영웅2300』

돈 없는 찌질한 인생 이오열,
잠재 능력 테스트에서 높은 레벨을 받았지만

"젠장, 망했어! 되는 일이 하나도 없어!"

하필이면 최악의 망캐 연금술사가 될 줄이야!

그러나 포기란 없다.
최악에서 최고가 되기 위한
오열의 이야기가 시작된다!

Book Publishing CHUNGEORAM

유행이 아닌 자유추구 -
WWW.chungeoram.com

FANATICISM HUNTER

광신사냥꾼

류승현 판타지 장편 소설

FANTASY FRONTIER SPIRIT

「블레이드 마스터」의 류승현 작가가 펼쳐내는
판타지의 새로운 신화!

마도대전을 승리로 이끈 유리언 대륙의 영웅,
최강의 아크 메이지 제온!

그러나 '세상의 섭리'에 아내와 아이를 빼앗기는데……

『광신사냥꾼』

만약 그것이 정말로 세상의 섭리라면,
그마저도 무너뜨리고 말리라!

복수를 위한 제온의 위대한 여정이 시작된다!

Book Publishing CHUNGEORAM

유행이 아닌 자유추구 -
WWW.chungeoram.com

김현우 퓨전 판타지 소설

레드 크로니클
Red Chronicle

『드림워커』, 『컴플리트 메이지』의 작가
김현우가 색다르게 선보이는 자신작!

『레드 크로니클』

백 년의 세월 검을 들고 검의 오의에
다가선 남자 티엘 로운.

모든 것을 베는 그가 마지막으로
검을 휘둘렀을 때
그를 찾아온 것은 갈라진 시공간,
그리고… 자신의 젊은 시절이었다!

"하암, 귀찮군."

검의 오의를 안 남자가 대륙을 바꾼다!
티엘 로운의 대륙 질풍기!

Book Publishing CHUNGEORAM

유행이 아닌 자유추구 -
WWW.chungeoram.com

현대백수 장편 소설

FUSION FANTASTIC STORY

간웅

뇌성벽력이 치는 어느 날!
고려 황제의 강인번을 들고 있던
어린 병사가 낙뢰를 맞고 쓰러졌다.

하지만… 다시 눈을 뜬 이는
현대 대한민국에서 쓸쓸히 죽은
드라마 작가 지망생.

고려 무신 시대의 격변기 속에서 눈을 뜬 회생[回生].
살아남기 위해! 죽지 않기 위해!
그의 행보로 인해 고려는 서서히
변하기 시작하는데…….

치세능신 난세간웅(治世能臣 亂世奸雄)!

격동의 무신 시대!
회생, 간웅의 길을 걷다!

Book Publishing CHUNGEORAM

 유행이 아닌 자유추구 -
WWW.chungeoram.com

절정고수들이 하늘 높은 줄 모르고 질주하는 현 세상.
서른여덟 개의 세력이 서로를 견제하는 혼돈의 시대.
그 일촉즉발의 무림 속에
첫 발을 디딘 어린 소년.
"나는 네가 점창의 별이 되기를 원한다."
사부와의 약속을 지키고
난세로 빠져드는 천하를 구하기 위해
작은 손이 검을 들었다!
박선우 新무협 판타지 소설
풍운사일
FANTASTIC ORIENTAL HE
Book Publishing CHUNGEORAM
유행이 아닌 자유추구 -
WWW.chungeoram.com

내일을 향해 쏴라

김형석 장편 소설

FUSION FANTASTIC STORY

1만 시간의 법칙!
'성공은 1만 시간의 노력이 만든다' 는 뜻이다.

그러나…
사회복지학과 복학생 수.
전공 실습으로 나간 호스피스 병동에서
미지와 조우하다.

1만 시간의 법칙?
아니, 1분의 법칙!

전무후무한 능력이 수에게 강림하다!
맨주먹 하나로 시작한 수의
인생역전이 시작된다!

Book Publishing CHUNGEORAM

WWW.chungeoram.com

문용신 新무협 판타지 소설

FANTASTIC ORIENTAL HEROES

절대호위

한량 아버지를 뒷바라지하며
호시탐탐 가출을 꿈꾸던 궁외수.

어린 시절 이어진 인연은
그를 세상 밖으로 이끄는데……

"내가 정혼녀 하나 못 지킬 것처럼 보여?"

글자조차 모르는 까막눈이지만,
하늘이 내린 재능과 악마의 심장은
전 무림이 그를 주목하게 한다.

"이 시간 이후 당신에겐 위협 따윈 없는 거요."

무림에 무서운 놈이 나타났다!